L'assedio di Leningrado

Un romanzo sulla Seconda Guerra Mondiale

Richard G. Hole

L'assedio di Leningrado
Un romanzo sulla Seconda Guerra Mondiale

Richard G. Hole

Seconda Guerra Mondiale

SINOSSI

L'artiglieria pesante aveva iniziato a sparare alla periferia di Leningrado, a soli dieci chilometri dalla linea del fronte. L'immensa città, assediata per diversi mesi dalle ferree divisioni della "Wehrmacht" subì il continuo martellamento di cannoni a lunga gittata, mortai pesanti e bombe da parte di "Stukas" e "Heinkels", in attesa del momento decisivo in quel travolgente tutto a loro percorso, i granatieri avrebbero lanciato l'assalto, come un'onda inarrestabile, demolendo le ultime ridotte difensive...

L'assedio di Leningrado è una storia appartenente alla raccolta della Seconda Guerra Mondiale, una serie di romanzi di guerra sviluppati durante la Seconda Guerra Mondiale.

L'ASSEDIO DI LENINGRADO

CAPITOLO I

La notte era cupa e fredda. Grandi nuvole cariche di pioggia coprivano il cielo e una pallida luna incombeva tra di loro, illuminando a intervalli l'intricato labirinto di trincee e filo spinato con il suo bagliore spettrale. Razzi luminosi si alzarono in aria, esplodendo in bagliori giallastri mentre le mitragliatrici sferragliavano e colpi singoli risuonavano dalle sentinelle sui loro parapetti. A Kolpino tuonò l'artiglieria fin dal tramonto.

Gli occhi arrossati del soldato semplice Fritz Rinner scrutarono l'oscurità. La mitragliatrice di cui era servitore riposava accanto a lui, pronta a entrare in azione. Davanti a lui, il terreno si apriva in una serie di avvallamenti erbosi insidiosi, da cui la nebbia si alzava in ampie falde. Grandi imbuti, causati dall'esplosione di proiettili di grosso calibro, coprivano il terreno intorno a loro. Rinner consultò il suo orologio con quadrante luminoso. Mancava ancora un'ora al suo sollievo. Una processione ininterrotta di evocazioni e ricordi gli attraversava il cervello. Le sue palpebre erano pesanti per la lunga veglia, e desiderava il momento in cui avrebbe potuto sdraiarsi sul suo duro lettino per scongiurare un breve sonno.

Alla sua sinistra giunse un rumore di passi che si avvicinavano attraverso la fossa fangosa. Era il sergente, che girava per il suo settore ispezionando le postazioni.

"Va bene" lo informò Rinner, facendo attenzione a non distogliere lo sguardo dal davanti, perché questo gli avrebbe fatto guadagnare un bel rimprovero da parte del suo superiore.

"Lo avremo presto", ha risposto. Il quartier generale ci ha appena informato che la pattuglia di Wahrenfels sta tornando stanotte, dopo aver trascorso due giorni nelle retrovie delle linee nemiche. Faranno il loro ingresso proprio da questa posizione. La password sarà "Sebastopoli". Una volta individuato, indichi il sentiero che esiste nella recinzione alla tua destra. E stai molto attento a confonderti e lanciargli un'esplosione ... eh, showrenco?

Il sergente si allontanò, Rinner si arrotolò il bavero della giacca da campo e si preparò alla lunga attesa. I minuti trascorsero lentamente. L'artiglieria pesante aveva iniziato a sparare alla periferia di Leningrado, a soli dieci chilometri dalla linea del fronte. L'immensa città, assediata per diversi mesi dalle ferree divisioni della "Wehrmacht" subì il continuo martellamento di cannoni a lunga gittata, mortai pesanti e bombe da parte di "Stukas" e "Heinkels", in attesa del momento decisivo in quel travolgente tutto a loro percorso, i granatieri si lanciavano all'assalto, come un'onda inarrestabile, abbattendo le ultime ridotte difensive.

Sarebbe stata circa un'interminabile mezz'ora quando il soldato semplice Rinner credette di percepire davanti a sé l'inconfondibile suono di cauti passi che si avvicinavano. Tese le orecchie e rimase immobile, con i nervi tesi. Dopo un breve intervallo di silenzio, si udirono dei passi avvicinarsi. La luna era tramontata e la visibilità era praticamente nulla.

"Alto!" gridò Rinner, mettendosi dietro la mitragliatrice con un dito sul grilletto." Chi vive...? Parola d'ordine!

"Pattuglia tedesca" rispose una voce, e poi ": Sebastopoli!

"Il passo è a dieci o dodici metri alla tua sinistra", avvertì Rinner.

Il soldato, sicuramente in missione di ricognizione, perlustrò il terreno e poi partì per riferire agli altri. In pochi minuti, l'intera pattuglia si stava avvicinando. Gli stivali ferrati del granatiere emettevano un sordo tonfo quando colpivano il terreno duro, i loro zoccoli scintillavano debolmente, feriti dal bagliore dei razzi, e la loro attrezzatura da campo emetteva un debole tintinnio, oscillando al loro ritmo ritmico. Il primo a saltare nella trincea fu il tenente Wahrenfels. Erano seguiti dal caporale e dai sette granatieri e il "feldwebel" copriva la retroguardia. Engerling. Il tenente era alto, magro e snello. Tuttavia, sotto la sua tunica ben tagliata, si potevano vedere arti forti e sodi.

Nel suo viso energico e vivace, gli occhi erano luminosi e pieni di vita, protetti dal vetro degli occhiali dalla montatura metallica. I suoi gesti e la sua voce denotavano il condottiero capace di trascinare il suo popolo alle imprese più incredibili con il solo impulso della sua travolgente personalità. Durante la campagna d'Ucraina, e alla testa della sua pattuglia, era sempre stato il primo ad assalire le fortificazioni nemiche poste alle spalle delle prime linee, preparando il terreno per le unità che avrebbero poi consolidato l'azione. Dotato di un cuore d'acciaio, inaccessibile alla paura o alla debolezza, i suoi ordini si incrinavano nel frastuono delle esplosioni, nel frastuono delle mitragliatrici e nel ronzio degli aeroplani, mentre i proiettili sibilavano intorno a lui in avida ricerca di prede difficili. Al posto di comando della Divisione, era considerato un leader spericolato e audace a cui potevano essere affidate le missioni più difficili senza timore di fallire. Era in possesso di una moltitudine di decorazioni e portava sul petto la più preziosa di tutte: una Croce di Ferro di prim'ordine, ottenuta durante l'assedio e la resa di un'importantissima fortezza corazzata.

Il "feldwebel" Engerling era il tipo di militare di professione, dal coraggio intransigente e dalla lealtà intransigente, capace delle azioni più straordinarie senza un sorrisetto di beffardo disprezzo sul viso, annerito dalla polvere da sparo.

I sette granatieri e il loro caporale Schäfer formavano un gruppo compatto, disciplinato e vigoroso. Tutti erano stati scelti con la massima cura e sottoposti a dure prove, prima di entrare a far parte di quella pattuglia, già famosa in tutta la Divisione e le cui imprese furono commentate dalle truppe come qualcosa di favoloso e leggendario. Sembravano impressionanti con i loro stivali alti ricoperti di fango, le loro tuniche con cintura di pelle, i loro elmetti tenuti al mento dal sottogola e le loro armi leggere ed efficienti, costituite da una "mitragliatrice" appositamente realizzata, una pistola regolamentare, mango e uova bombe distribuite dalla cintura, e un machete ben affilato, che usavano solo in caso di difficoltà o quando era conveniente eliminare l'avversario con il minor rumore possibile.

Quegli uomini, abituati a guardare in faccia la morte, non tremavano mai. Un sorriso sdegnoso e ironico non svaniva mai dalle loro labbra, mentre brandendo febbrilmente le armi, si facevano largo tra le file nemiche con scatti precisi, o quando, come lupi in agguato, spiavano per ore i movimenti del nemico, per lanciarsi al l'azione nel momento preciso in cui viene impartito l'ordine di comando.

Tra loro spiccavano per vigore e personalità tre granatieri, che tutti chiamavano gli inseparabili. Si chiamavano Bert Seidel, Alf Voss e Rudi Main, ed erano la pietra angolare su cui poggiava l'intera organizzazione della pattuglia. Stavano insieme dall'inizio della campagna ed erano stati scelti dal tenente, non solo per le loro straordinarie capacità fisiche, ma anche per il loro carattere scanzonato e aggressivo, e per il loro buon umore e cordialità, prova di ogni avversità. Godono di una popolarità illimitata in tutto il reggimento, ed erano conosciuti tanto per le loro imprese quanto per i loro scherzi, il genio e l'audacia di ogni tipo.

Bert Seidel, un ex impiegato di Monaco di Baviera, era di statura regolare, ma di costituzione molto robusta e di grande resistenza alla fatica. Dal viso un po' infantile, aveva occhi castani estremamente espressivi, capelli castani e un petto ampio e possente, acquisito nella pratica degli sport più duri. Alf Voss, dovette lasciare le aule universitarie per unirsi a un'unità che presto partì per il fronte. Un po' più alto di Bert, sembrava estremamente sano e vivace. Con la pelle abbronzata e gli occhi neri, avrebbe potuto essere preso per un meridionale. Eppure proveniva da un'antica famiglia di Hannover, ed era caratterizzato dalla sua educazione squisita e dai modi estremamente corretti. Da parte sua, Rudi, il più alto dei tre, era di corporatura insolita. I suoi occhi azzurri spiccavano in un viso con una mascella prominente e il suo collo robusto poggiava su un ampio e muscoloso atleta's spalle in grado di sostenere i carichi più straordinari.

Sulla sua ampia fronte cadevano le ciocche bionde dei suoi capelli costantemente arruffati. Con uno sguardo vivo e penetrante, possedeva un'intelligenza estremamente vigile. Nel tempo libero si era dedicato allo studio del russo, padroneggiandolo alla perfezione, e questo costituiva un inestimabile vantaggio per la pattuglia, poiché in molte occasioni una parola pronunciata con un puro accento del paese, era stata più efficace di l'azione di bombe a mano o mitragliatrici. Sulla sua ampia fronte cadevano le ciocche bionde dei suoi capelli costantemente arruffati. Con uno sguardo vivo e penetrante, possedeva un'intelligenza estremamente vigile. Nel tempo libero si era dedicato allo studio del russo, padroneggiandolo alla perfezione, e questo costituiva un inestimabile vantaggio per la pattuglia, poiché in molte occasioni, una parola pronunciata con un puro accento del paese, era stata più efficace dell'azione delle bombe a mano o delle mitragliatrici. Sulla sua ampia fronte cadevano le ciocche bionde dei suoi capelli costantemente arruffati. Con uno sguardo vivo e penetrante, possedeva un'intelligenza estremamente vigile. Nel tempo libero si era dedicato allo studio del russo, padroneggiandolo alla perfezione, e questo costituiva un inestimabile vantaggio per la pattuglia, poiché in molte occasioni una parola pronunciata con un puro accento del paese, era stata più efficace di l'azione di bombe a mano o mitragliatrici. Con uno sguardo vivo e penetrante, possedeva un'intelligenza estremamente vigile. Nel tempo libero si era dedicato allo studio del russo, padroneggiandolo alla perfezione, e questo costituiva un inestimabile vantaggio per la pattuglia, poiché in molte occasioni una parola pronunciata con un puro accento del paese, era stata più efficace di l'azione di bombe a mano o mitragliatrici. Con uno sguardo vivo e penetrante, possedeva un'intelligenza estremamente vigile. Nel tempo libero si era dedicato allo studio del russo, padroneggiandolo alla perfezione, e questo costituiva un inestimabile vantaggio per la pattuglia, poiché in molte occasioni una parola pronunciata con un puro accento del paese, era stata più efficace di l'azione di bombe a mano o mitragliatrici.

Il tenente si fidava di loro completamente e completamente, e non esitò mai ad affidare loro le operazioni più difficili, sicuro che ne sarebbero usciti con le prove più terribili.

Si misero in fila e il tenente passò loro una breve recensione.

"Tutto in ordine, ragazzi" disse loro. Ora, per riposare, come ce l'abbiamo meritata... Cioè, se ce lo permettono.

"Ho un'idea, tenente" disse Rudi, al quale il capo pattuglia concedeva talvolta certe lievi intimità. Perché uno di quei cretini dello Stato Maggiore, che passano la vita a pianificare operazioni, non ci accompagna in ogni nostra uscita? Forse così...

"Un'ottima idea" rispose il suddetto interrompendolo. Ma ti piacerebbe passare otto o nove ore al giorno seduto a un tavolo circondato da planimetrie e matite colorate? Nessun diritto? Ebbene, a ciascuno il suo, Rudi... E ora in movimento, che il tempo minaccia pioggia.

La pattuglia si diresse verso il posto di comando, trincea davanti, e presto scomparve dietro una curva.

CAPITOLO II

La taverna del vecchio Ivan si trovava sulla strada principale di Novo-Litka. Il villaggio, costituito per la maggior parte da "isbe" di legno, si estendeva su entrambi i lati della strada principale Leningrado-Vilnius, che le lunghe carovane di autocarri che effettuavano il servizio tra le retrovie percorrevano instancabilmente, giorno e notte. e la parte anteriore.

Il luogo era il punto di ritrovo dei militari autorizzati, che lo riempivano completamente a tutte le ore, rendendo l'atmosfera irrespirabile con il fumo denso di sigarette e pipe mentre il rumore delle conversazioni non smetteva di farsi sentire un solo istante.

Katia, la figlia dell'oste, circolava tra i tavoli, attenta alle richieste degli avventori. Era una bionda alta e slanciata, con un viso espressivo, in cui spiccavano splendidi occhi azzurri dall'espressione invitante e maliziosa, e una bocca dalle labbra carnose, rosse, sempre aperte in un sorriso luminoso. Aveva poco più di vent'anni e il suo fascino attraeva e affascinava i clienti abituali del posto, alcuni dei quali guardavano la sua bellezza fresca e invitante con più della semplice ammirazione. Katia, però, una ragazza dalle formalità infallibili, non permetteva a nessuno la minima mancanza di rispetto, anche se aveva una parola gentile o un gesto amichevole e cordiale per tutti.

Alf, Bert e Rudi entrarono nella taverna. Si erano spogliati dell'equipaggiamento militare, e con il colletto del guerriero sbottonato, il berretto attorcigliato su un orecchio e la pistola appesa alla cintura, i tre atleti, abbronzati dal sole e dalla neve di lunghe campagne, sembravano capaci. per commuovere quanti cuori femminili troveranno sul loro cammino.

Si sedettero a un tavolo al centro della stanza, che in quel momento era vuota, e osservarono brevemente la folla. Katia venne premurosamente a servirli.

"Cosa volete bere? chiese Bert. Oggi sono io quello che invita.

"Da parte mia, non credo che ne avrò abbastanza nemmeno con un litro di 'vodka'. Devo togliermi dalla bocca il sapore di polvere da sparo dopo la nostra ultima incursione.

Katia, che capiva perfettamente il tedesco, rivolse a Rudi uno sguardo ammirato, al quale rispose strizzando l'occhio e sorridendo.

"Cosa mi stai dicendo, tesoro? Le chiese prendendola per il polso e aggiungendo in perfetto russo:

Monoga krashiva. Lubliet minya?

Gli diede una pacca sul collo.

"'Stoj!" "Ha risposto, e poi in tedesco, in modo che tutti capissero." A che cosa derivano queste familiarità con me? Sono la tua ragazza?

"No, ma potresti esserlo" rispose Rudi tirandola a sé e facendo il gesto di baciarla.

Un gruppo di tre autocisterne osservava la scena dal tavolo adiacente. Erano alti e forti, con quella faccia segnata dalle intemperie e l'espressione aggressiva e tenace che caratterizzava i soldati di un'arma aureolata dalla gloria delle travolgenti avanzate, delle spettacolari offensive e degli attacchi di massa, mentre i cannoni sputavano schegge intorno ai loro mostri. d'acciaio. Indossavano l'uniforme nera del suo Corpo e adornavano i loro caratteristici berretti con un teschio d'argento, emblema di coraggio e disprezzo per la morte. Apparentemente uno di loro aveva finora apprezzato le preferenze di Katia, e mentre osservava l'atteggiamento di Rudi, sentì un impeto di rabbia pervaderlo. La rivalità tra carristi e fanti era tradizionale nell'esercito, poiché i primi erano considerati superiori al resto della truppa,

Chi è quello? L'autocisterna brontolò, lanciando a Rudi uno sguardo pieno di odio.

Il granatiere sollevò bruscamente la testa e fissò il rivale con un'espressione di calma trattenuta.

"Pensi di essere un grande conquistatore, vero? "Continuò l'altro, incoraggiato." Smettila di disturbare quella ragazza!

"Non credo che Katia si senta infastidita al mio fianco" ha commentato Rudi con un sorriso ironico. Almeno non dovrebbe guardare una faccia da scimmia come la tua.

L'autocisterna si alzò veloce come una freccia e, voltandosi verso Rudi, scagliò un pugno che schivò, facendolo ruzzolare contro il tavolo. Bottiglie e bicchieri caddero a terra. Senza dargli il tempo di riprendersi, Rudi lo prese per la vita e lo scagliò contro i suoi due compagni. Da parte loro, Bert e Alf si preparavano all'attacco. Le petroliere sussultarono di rabbia feroce. I tre granatieri attendevano con grande serenità l'assalto di massa dei loro avversari. Il rivale di Rudi prese slancio e si gettò su di lui con l'intenzione di sbatterlo contro un muro. Ma Rudi, allenato a lungo in una palestra berlinese, conosceva un buon numero di chiavi e prese che ora era giunto il momento di applicare. Facendosi da parte al momento giusto, si torse leggermente la vita e afferrò l'autocisterna per un braccio, lo fece capovolgere nettamente sopra la sua spalla, facendolo cadere sul duro pavimento di legno, che tremò all'impatto. Bert aveva abbattuto il suo nemico e lo stava prendendo a pugni a suo piacimento. Dal canto loro, Alf e la terza petroliera sono stati coinvolti in un combattimento corpo a corpo, in cui entrambi hanno ricevuto e applicato colpi superbi.

L'avversario di Rudi balzò in piedi. Il suo volto era coperto di sangue e la sua uniforme era strappata in più punti. Un tremendo diretto scaraventò Rudi contro il muro. Una delle plafoniere andò in pezzi. Il granatiere sussultò come per un dolore terribile, e proprio mentre l'altro gli era sopra lo colpì allo stomaco con un pugno tremendo. La petroliera gemette. Altri due diretti, uno di fronte e l'altro di lato, stavano per finire con il loro rivale. La lotta doveva essere decisa. Alf aveva messo alle strette il suo avversario e Bert stava per abbattere il suo avversario con decisione.

"Dannato spaccone! L'autocisterna ruggì, ricostruendosi, pronta a continuare.

Ma la sua corsa finale si è conclusa con il fallimento più clamoroso. Rudi lo aveva aspettato attento ai suoi minimi movimenti e quando si è lanciato su di lui, ha fatto un leggero cenno di lato e agganciando una gamba al polpaccio destro lo ha portato a terra con un colpo tremendo. Stava per saltargli addosso per completare la sua vittoria quando Katia, che contemplava terrorizzata la scena, gridò:

"Attento! Sta arrivando una pattuglia di sorveglianza!

La petroliera si alzò semi-cosciente, e tutti fermarono il combattimento prestando attenzione. Fuori risuonarono dei passi frettolosi. La porta si è aperta sbattendo e una squadra di sorveglianza ha fatto irruzione nei locali. Il caporale fissò il relitto con un'espressione accigliata. I suoi soldati avevano già separato i contendenti e stavano mettendo un po' d'ordine nel malconcio locale.

"Bellissimo! "Esclamò, furioso." E questo lo chiamate riposo? Meritate tutti di andare in una squadra di punizione! "Ha indicato le autocisterne." Al vostro alloggio! E quanto a voi", ha aggiunto, rivolgendosi al granatieri", andate in caserma prima che il tenente scopra cosa è appena successo.

Rudi aveva un tremendo graffio sul viso. Katia si avvicinò premurosa con un asciugamano pulito che intinse in un po' di "vodka" e applicò sulla ferita.

"Fa molto male? Ha chiesto teneramente.

"Oh! Questo è niente", si vantò Rudi, e approfittando della confusione che ancora regnava nel luogo, aggiunse sottovoce. "Quando potremmo parlare un po' io e te da soli...? Che ne dici di un'ora da ora, vicino al ponte?

La ragazza sembrava agitata a destra e a manca e dopo un momento di esitazione rispose:

"Bene. Vedo se riesco a scappare via.

CAPITOLO III

Il giorno era sorto luminoso e radioso. Una vera giornata primaverile, anche se l'inverno era alle porte. Al mattino presto, la pattuglia si è schierata davanti alla caserma con le armi piene. Il "feldwebel" recensito. In pochi istanti apparve il tenente, sorridente e dinamico, completamente ripreso dalla fatica degli ultimi giorni.

"Ragazzi" una volta disse tutto fermo e in silicone. Il quartier generale ha pensato bene di congratularsi con noi per il nostro ultimo raid. Sono lieto di informarvi e spero che questa pattuglia non sarà mai indegna della fama che si è meritatamente guadagnata. Ora andremo in campo ad allenarci, poiché come tutti sapete, dobbiamo mantenerci sempre in forma e pronti all'azione. Se ti comporti bene, puoi avere il pomeriggio a tuo piacimento.

Un breve ordine e la pattuglia partì. Attraversarono il ponte dove Rudi e Katia si erano incontrati per la prima volta la sera prima. Il granatiere sembrava un po' sognante.

"Quella donna lo ha sconvolto", ha commentato Bert.

"Non l'abbiamo mai visto così" ha aggiunto Alf. Stai perdendo facoltà?

Giunto alla periferia del paese, il tenente scelse un terreno accidentato e in parte ricoperto da erba torreggiante.

Prima di tutto, "ha detto", effettueremo una simulazione di combattimento corpo a corpo ... Mi sembra che tu abbia un po' dimenticato, e non fa male che esercitiamo un po' questa parte importante del nostro compito.

Tra i ranghi scoppiò una risata generale.

"Cosa diavolo hanno loro? Chiese il 'feldwebel', rivolgendosi all'ufficiale.

"Non lo so", rispose il tenente con un sorriso enigmatico. Ma, naturalmente, sapranno cosa è buono. Ebbene "continuò, nascondendo un po' il suo divertimento." Vi dividerete in due parti e vi attaccherete l'un l'altro ferocemente, come veri selvaggi. mi hai capito? Non vedere nessuno vacillare o giocare "soft". Pensa che la persona che hai di fronte sia il nemico stesso e scuotilo con tutte le tue forze.

Le due parti si sono formate all'istante. Uno di loro era comandato dal feldwebel, l'altro dal caporale. Quest'ultimo era composto da Bert, Rudi e Alf. Si tolsero le tuniche e i loro torsi atletici brillarono al sole. Rudi ha allenato i suoi muscoli, mettendo in mostra bicipiti capaci di competere con quelli del pugile professionista più tosto ed esperto.

A un segnale, le due parti si separarono, allineate l'una di fronte all'altra, pronte a caricare. Rudi minacciò i suoi rivali e li chiamò "piccoli" e "magri". Tuttavia, il gruppo comandato dal "feldwebel" Engerling sembrava magnifico con i loro granatieri bruciati dal sole pronti a scuotere con coraggio questi millantatori.

Il tenente si fermò su un'altura a terra e disse:

"Rimanete sintonizzati per il fischio. Un tocco significa attaccare. Due, smetti di litigare. E ricorda che agirai come se stessi davvero affrontando il nemico. Dovete battervi a vicenda senza pietà. Non importa se vi fate del male l'un l'altro. Ti cureranno più tardi nell'armadietto dei medicinali.

Portò il fischietto alle labbra. Un lungo tocco, e tutti si gettarono nella mischia, ruggendo e "evviva!" Il caporale afferrò il primo avversario per la vita ei due rotolarono sull'erba, colpendosi a vicenda con vera furia. Alf, Bert e Rudi non si sono soffermati a riflettere sui metodi oa pianificare il loro attacco. Il nemico era su di loro ed era necessario dimostrare che non per niente erano chiamati nel reggimento "gli inseparabili tre". Formarono un muro di pietra con i loro corpi e i loro tre avversari vi si schiantarono contro, senza poterlo abbattere in alcun modo. Era inutile per loro mettere in pratica i vari sistemi di combattimento appresi nel corso della lunga lotta. Rudi, Alf e Bert rimasero al loro posto e in pochi minuti l'iniziativa passò nelle loro mani. Approfittando di un momento di confusione, Rudi afferrò per il collo due dei suoi rivali e con un forte strattone fece urtare violentemente le loro teste. I due granatieri sono caduti a terra contusi. Bert e Alf approfittarono di quel breve momento di tregua per asciugarsi la fronte sudata con il fazzoletto. Il terzo avversario stava per passare all'attacco quando due fischi risuonarono chiaramente nella calma aria mattutina.

"Un quarto d'ora di pausa" annunciò il tenente. Allora continueremo.

I granatieri si sedettero sull'erba, Rudi tirò fuori una sigaretta e iniziò ad accenderla.

"Non hai visto qualcosa di strano in tutto questo? "Ha chiesto ai suoi due compagni." Che ne sarà di questa smania di farci letteralmente a pezzi? Una spia ti ha parlato di ieri e vuole darci una lezione?

"Ehi... beh è vero, non l'abbiamo mai visto così cattivo" mormorò Bert pensieroso.

Alf toccò Rudi con il gomito, indicandolo in direzione di un sentiero che correva poco distante. Una figura femminile li osservava intensamente. Rudi saltò. Era Katia che tornava dal lavaggio dei panni nel fiume.

"Ascoltatemi un momento" disse loro. Assicurati che non mi vedano. Parlerò con lei per qualche minuto.

"Non farei quella sciocchezza al tuo posto," lo consigliò Bert. Quando il tenente ti vede, ti darà un pacco che ricorderai per molto tempo. Sai com'è in queste cose disciplinari.

"Bah! Non mi dispiace. Inoltre, se lo prendo, sarò solo. Torno tra poco. Solo un paio di parole. Nel frattempo, se chiedono di me, nasconditi come puoi. D'accordo?

"Va bene," brontolò Bert. Ma attenzione e non indugiare troppo... anche se ammetto che Katia è capace di sconvolgere il cervello di chiunque.

"Il pover'uomo è caramellato come uno scolaretto" commentò Alf, con un'espressione di pietà.

Rudi diede loro una pacca sulla spalla e si allontanò, accucciandosi tra l'erba, proprio mentre il tenente distoglieva lo sguardo. La giovane donna fu sorpresa quando lo vide emergere davanti a lei dai cespugli. Rudi non ha fatto giri di parole. La prese per mano e attirandola a sé le chiese:

"Ci vediamo stasera... al sito di ieri? Destra? Se mi dici di no, sono in grado di passare davanti ai granatieri quando sparano al bersaglio.

Lo stava fissando estatica. Accarezzò i muscoli del suo braccio, lasciando uscire un'espressione ammirata.

"Forte, eh? "Rudi si è vantato." Bene, guarda "e tirò fuori il petto, gonfiandolo finché sembrava che stesse per esplodere.

"La tua ferita fa male?" chiese Katia, carezzandole dolcemente il punto sulla guancia, dove ora indossava una fascia di gesso bianco.

"Quale ferita? disse Rudi, fingendosi ignaro. In quel preciso momento si udì un sibilo.

"È Bert che mi avverte. Devo andare. Bene, Katia, fino a sera. Verità?

"Fino alla notte.

E Rudi si allontanò con le stesse precauzioni con cui si era avvicinato. Nel preciso momento in cui si trovava accanto ai suoi compagni, il tenente ordinò:

"Pronti per continuare l'esercizio...! Ma ti noto un po' stanco, soprattutto Rudi, Bert e Alf.

"Siamo stanchi?" disse Rudi. "Tu non ci conosci, mio tenente...

"Mi sembra di conoscerti troppo bene. Bene, posizionate i bersagli e faremo esercizi di tiro con i mitra.

L'ordine fu eseguito e presto una serie di raffiche risuonò, scuotendo l'atmosfera tranquilla del mattino.

CAPITOLO IV

Il maggiore Braun, comandante del 3° Battaglione, ai cui ordini diretti era la pattuglia, alloggiava in una "isba" situata a poca distanza dalla strada. Una sentinella armata di mitra e diverse bombe a mano fissate alla cintura faceva la guardia alla porta.

Vedendo il tenente Wahrenfels avvicinarsi, la sentinella si raddrizzò, facendosi strada. Un inserviente è arrivato rapidamente.

«Il maggiore vi aspetta, mio tenente. Qui, per favore.

Il tenente entrava nel recinto dell'isba, diviso in due tratti da una cortina che lo attraversava da parte a parte. Nella prima si poteva vedere il letto da campo del maggiore e alcuni articoli da toeletta. Nei luoghi più riservati aveva le sue mappe operative e le sue planimetrie, collocate su un ampio tavolo.

Il tenente Wahrenfels attese rispettosamente che il suo capo lo invitasse a entrare, cosa che fece il maggiore socchiudendo la tenda e dicendo:

"Avanti tenente. Dobbiamo parlare.

Il maggiore Braun era un uomo di statura superiore, forte e sano. Era sulla quarantina e c'era un certo segno di distinzione su tutta la sua persona, oltre a un'energia e un dinamismo insoliti. Fece cenno al tenente di sedersi e gli porse un pacchetto di sigarette.

"Tu fumi" disse. La questione che mi ha costretto a chiamarti è della massima importanza. Si tratta nientemeno che di garantire la nostra superiorità nel settore. Come forse già saprai, la prima e la seconda sezione della quarta compagnia occupano una cengia di fronte a Novo Skolki. Dalla cengia in questione dominiamo la statale Kolpino-Leningrado, rendendo difficile o addirittura impossibile percorrerla. Ora, il nemico, che indubbiamente vuole aumentare il suo traffico, a giudicare da alcuni sintomi osservati in questi giorni... e che mi puzzano parecchio, ha appena assemblato una batteria di mortai pesanti che da ieri ci tormenta senza sosta... Ma, meglio sarà che osserviamo questo piano "e consegnò al tenente quello in cui il nemico e le proprie posizioni erano contrassegnate con colori diversi. Guardò il tenente,

"Va bene, mio comandante" disse Wahrenfels, sapendo in anticipo a cosa avrebbe portato quel preambolo. " E tu vuoi ...

"Liberatevi di quei mortai" concluse brevemente il maggiore, aggiungendo dopo una breve pausa: non credo che le cose saranno difficili per i vostri ragazzi... è quella che chiamano una "piccola gita al pascolo". Ma agisci con cautela e senza fare troppe storie. Si avvicineranno con il massimo silenzio. Faranno fuori le sentinelle e i servitori della batteria e caricheranno le esplosioni ritardate. Quindi ritirati alla massima velocità, tornando esattamente dallo stesso punto in cui sei partito... cioè la cengia. La nostra artiglieria resterà all'erta nel caso sia necessario proteggerli con una barriera di contenimento. In un pizzico, lancia un razzo verde, con una caduta ritardata. Cerca di essere intelligente e che nessuno venga lasciato indietro. Se puoi portare uno o due prigionieri, per favore fallo. Serviranno sempre per fornire alcuni dati.

Il maggiore Braun si alzò. Fece qualche passo attraverso la stanza succhiando la sigaretta e aggiunse mentre il tenente si alzava, preparandosi ad andarsene:

«Non sai quanto mi dispiace di aver interrotto il tuo riposo così bruscamente. Ma nel caso in esame, ho bisogno di una pattuglia per finire la faccenda in pochi minuti, senza dare alcun allarme nel settore... Buona fortuna, tenente "disse tendendo una mano che il tenente strinse con vigore." E quando tornerà, potrebbe avere una sorpresa per i ragazzi.

Il tenente salutò e se ne andò. Mentre si dirigeva verso la caserma, riesaminava mentalmente le istruzioni che aveva ricevuto, cercando di non dimenticare alcun dettaglio. Quando passò davanti alla porta del complesso, i granatieri si alzarono, in piedi sull'attenti. Rudi, Alf e Bert si guardarono, facendo una smorfia di scherno. Sapevano esattamente di cosa si trattava, prima che il loro capo aprisse bocca.

"Ragazzi" iniziò il tenente. Sono appena tornato dall'incontro con il maggiore Braun... E mi dispiace dirle che la pausa è finita... almeno per oggi. Abbiamo "piccola escursione al pascolo" per stasera. Alle sette ci formeremo con attrezzatura completa all'ingresso dell'alloggio. "Feldwebel" Engerling, occupatevi delle munizioni e procedete a una revisione generale. Lascia che i ragazzi puliscano e ingrassino le loro armi... e che nessuno dimentichi il machete.

Detto questo, il tenente si ritirò, raggiungendo la tesa del berretto.

"Dannazione! Rudi ringhiò. Che diavolo c'è da fare adesso? E io avevo una faccenda così urgente...!

Si mise il cappello, si allacciò in fretta la cintura e aggiunse:

"Vengo presto!

"Ehi! Dove stai andando? chiese Bert alzandosi.

"Se chiedono di me, di' che me ne andrò per qualche minuto, solo per...

"Io, al tuo posto" lo interruppe Alf ", farei in fretta. Sai già che il tenente non ammette battute quando è necessario agire.

"Non preoccuparti," disse Rudi. Non te ne accorgerai nemmeno.

E detto questo, è scomparso.

* * *

Katia andava e veniva tra i tavoli, servendo i primi clienti del pomeriggio. Ma sebbene apparentemente assorta nel suo compito, i suoi pensieri volarono lontano verso la figura virile di Rudi, che immaginò in quel momento, sdraiato sulla sua cuccetta... pensando anche a lei. Ma forse sarebbe meglio porre fine a questa inutile avventura. Il destino di un soldato è così incerto...! E quando Rudi se ne andò, molto probabilmente non si sarebbero mai più incontrati.

Un'ombra ha bloccato la porta. Katia alzò lo sguardo. Rudi la osservava dalla porta. La giovane donna gli sorrise e lui fece un breve cenno invitandola a uscire.

"Katia" disse il granatiere, una volta che furono un po' lontani dall'"isba"". Stasera... devo uscire. Tra poco partiamo. Ma prima vorrei chiederti una cosa... "Ha esitato. Lo guardò profondamente commossa. "Vorrei che mi promettessi che se qualche dannata petroliera "stringe i denti" fa l'amore con te, ricordati di me e rifiutalo.

"Promesso, Rudi" rispose lei, guardandolo in faccia. Non starai via a lungo, vero?

"Non ci credo. E quando torno...

Si tenevano per mano.

"Addio, Katia. O meglio, arrivederci... "Auf wieder sehen."

"" Dosvidania, Rudi. "E state molto attenti.

"Non preoccuparti tesoro. La pattuglia di Wahrenfels è la pattuglia fortunata. Non sono mai riuscita a farmi mandare in ospedale a riposare un po'... mi manca!

* * *

Alf e Bert hanno salutato il loro compagno con recriminazioni e sarcasmo.

"Il 'feldwebel' ha chiesto di te e abbiamo dovuto dirgli che eri andato a bere qualcosa", ha detto il primo.

"Beh, chi ti dice che non l'ho fatto? Ero all'osteria. E perché andare in una taverna se non per bere?

"Basta con le ironie. Che ne dici del tuo russo? Hai pianto molto?

"No. Siccome l'assenza durerà poco...

«A patto che qualche petroliera non la conquisti.

"Non ci sono petroliere per Rudi.

Bene, ragazzi. Meno chiacchiere "intervenne il" feldwebel "". E tu Rudi, cerca di non sparire senza preavviso, come di recente. Non mi va di avere complicazioni con il capo.

Alle sette la pattuglia si è schierata davanti al proprio alloggio con l'equipaggiamento completo. Il tenente Wahrenfels si presentò con rigorosa puntualità. La sua ispezione è stata breve. Ci fu il ronzio di un motore e presto un camion si fermò davanti ai granatieri.

"Su! Ordinò il tenente.

Si accomodarono nel miglior modo possibile, e in pochi minuti il camion si avviava verso il fronte, da cui provenivano bagliori rossastri accompagnati dal rombo roco dei proiettili d'artiglieria e dal rumore lontano delle mitragliatrici.

CAPITOLO V

Quando raggiunsero circa quattro chilometri dalle linee del fronte, le luci di sicurezza del veicolo si spensero e il veicolo proseguì nella completa oscurità fino al posto di comando del battaglione. Il tenente scese ad informare il suo superiore, già avvertito in anticipo, dal colonnello del reggimento. Lo scambio di opinioni è stato molto breve.

"Rimarremo in attesa nel caso sia necessario aiutarli", ha detto il maggiore Baer. In un pizzico non dimenticare di lanciare il razzo verde. Il telefono è pronto e i cannoni puntano su quella felice batteria fortificata.

«Ai tuoi ordini, mio comandante... E fino al nostro ritorno.

"Ciao. Buona fortuna", ha risposto il maggiore Baer, salutando.

Il tenente Wahrenfels chiamò i suoi uomini. Una volta raccolto intorno a lui, ha provveduto ad informarli dei dettagli più importanti dell'operazione.

"Insomma", dichiarò, "possiamo chiamare questa incursione" silenziosa ed efficace. " Il nostro obiettivo primario è eliminare sentinelle ed equipaggio senza causare clamore inutili. Una volta rimossi gli "altoparlanti", si procederà a posizionare le cariche di dinamite nei luoghi appropriati. Il ritiro avverrà allo stesso modo. Se c'è pericolo o il nemico dà l'allarme, Schmit lancerà un razzo verde... e occhio alla confusione di colori, eh, ragazzo? Non andare a buttare una bordata nelle costole.

Un collegamento era incaricato di condurli alla sporgenza.

"Sarà un gioco da ragazzi", disse il caporale, mentre il gruppo si avviava. Scommetto che li abbiamo trovati addormentati.

"Non mi vanterei troppo al tuo posto," disse Bert. Ricordi quella volta in cui...?

"Silenzio! "Ordinò il tenente." Basta con i commenti! Appena ne sento parlare, lo manderò a venti metri in prima linea. 'Feldwebel', fate circolare la parola d'ordine: 'Flakbatterie'.

I granatieri avanzarono, cercando di non fare rumore con i loro passi. Giunti agli avamposti protetti da sacchi di sabbia, prepararono le armi e controllarono le bombe a mano che venivano distribuite lungo la cintura. A un segnale del tenente avanzarono verso il filo. Il collegamento indicava in sé il passaggio esistente, e il tenente ne prese nota per non perdersi al ritorno. La notte era cupa. Rudi si assicurò il caricatore della sua "mitragliatrice".

Una volta nella "terra di nessuno" le precauzioni sono raddoppiate. Avanzarono accovacciati. Il tenente si orientò con la sua luminosa bussola tascabile. Era necessario avvicinarsi senza che il nemico sospettasse nulla. La batteria era a circa duecento metri più avanti, un po' a sinistra. Un razzo luminoso si levò in aria ei granatieri si gettarono a terra come un solo uomo. Una mitragliatrice ha sparato una raffica sopra le loro teste. Si trascinarono. Era necessario attraversare la trincea nemica, poiché la batteria era un po' più indietro, e poi indietreggiare senza fare il minimo rumore. Il successo o il fallimento dell'azienda dipendeva da questo.

Ad un segnale del tenente, i granatieri si sdraiarono a terra, perfettamente immobili.

"Manda un esploratore", sussurrò Wahrenfels al "feldwebel".

Quest'ultimo diede un colpetto sul braccio del granatiere più vicino, che strisciò verso la trincea. I minuti trascorsero lentamente, trasformando la breve attesa in un'eternità. L'esploratore tornò in breve tempo.

"Una sentinella fa la guardia in trincea" disse.

"Dobbiamo eliminarlo" fu l'ordine brusco del tenente Wahrenfels.

"Rudi e Bert" mormorò il "feldwebel". E chiedi ad Alf di coprirli.

I due compagni si strizzarono l'occhio e strisciarono via, mentre Alf gli scivolava dietro con il "mitragliatore" pronto. In pochi minuti erano di ritorno.

"È caduto come un pulcino", ha riferito Bert.

Gli altri si sorrisero.

"Ora non possiamo divertirci", disse il tenente. Appena scoprono che sentinella eliminata, non do una sigaretta per la nostra pelle.

Tagliavano il filo con apposite pinze, munite di manici isolanti in previsione di eventuali cavi elettrici, e poi si incrociavano uno dopo l'altro, saltando la sentinella soppressa. La fortificazione era visibile da circa duecento metri di distanza, perfettamente visibile per via del terreno smosso. Molto probabilmente un uomo o due erano di stanza lì, mentre gli altri dormivano in qualche baracca vicina.

Il tenente alzò la mano destra e la pattuglia si divise in due gruppi, uno sotto il suo comando e l'altro sotto il feldwebel. Quest'ultimo includeva Rudi, Bert, Alf e il caporale. Il primo eliminerebbe le guardie e procederebbe al posizionamento di cariche esplosive. Il secondo mirava a distruggere l'equipaggio del mortaio ea prendere uno o due prigionieri, secondo le istruzioni ricevute. La brigata ha fatto un gesto e il gruppo si è mosso, mentre il tenente si è allontanato nella direzione opposta. Hanno fatto una piccola deviazione. Dopo aver percorso un centinaio di metri, distinsero un monticello, indicando che sotto di esso c'era il rifugio. Rudi si fece segno con il pollice e il feldwebel annuì.

Strisciarono in avanti. Il silenzio era assoluto. Di tanto in tanto veniva sparato solo qualche colpo isolato. I due gruppi convergevano, uno sulla postazione e l'altro sulla baracca situata a brevissima distanza da essa. Mentre il feldwebel ei suoi uomini studiavano il terreno, si udirono due tonfi. Il tenente aveva appena fatto fuori i guardiani dei pezzi. Rudi si avvicinò solo alla porta e l'aprì con cautela, spingendo con la canna del suo "mitragliatore". All'interno l'atmosfera era irrespirabile. Cinque russi hanno dormito profondamente, russando. Rudi scuoteva il primo, ordinandogli nella sua lingua:

"Alzati, ragazzo! Per alleviare!

Il soldato si alzò in piedi, grugnendo, e senza accendere nessuna luce, si allacciò la fondina e raccolse il fucile. In piedi ai lati della porta, Bert e Alf lo aspettavano con le loro zappette. Hanno bussato e il russo è crollato a terra. I restanti quattro uscivano di tanto in tanto, svegliati da Rudi, per ricevere un colpo preciso ai loro denti duri, con effetti fulminanti e decisivi, che li abbatteva uno dopo l'altro. L'operazione si è svolta con successo, nel silenzio più totale. Quattro russi erano a terra quando Rudi è uscito spingendo il quinto soldato con la canna del suo 'mitragliatore'.

"Non c'è più? Ha chiesto il 'feldwebel'.

"Non c'è rimasto altro che cimici," replicò Rudi, grattandosi vigorosamente e respirando l'aria fresca della notte a pieni polmoni. " Che odore! Anche in questo caso non dimenticherò un buon insetticida. E fece un gesto di fumigazione con la canna della sua pistola.

Da parte sua, il tenente ei suoi ragazzi avevano già completato il posizionamento degli esplosivi. Il compito può considerarsi concluso. Non restava che ritirarsi in buon ordine con il prigioniero, senza dare alcun allarme. La trincea e il filo sono stati attraversati. Avevano percorso un centinaio di metri quando alle loro spalle risuonarono delle voci. Il tenente ordinò di sbrigarsi. Una mitragliatrice aveva cominciato a sferragliare. Un razzo si è alzato in aria. Ancora cento metri. All'improvviso, un'orribile esplosione fece tremare il terreno. La batteria di mortaio era stata distrutta. Rudi sorrise.

"Alla corsa! Ordinò il tenente.

Ignorando ogni precauzione, i granatieri percorsero a tutta velocità la distanza che li separava dalle proprie trincee. Ora c'erano già diverse macchine che sputavano fuoco su di loro.

"Ho lanciato il razzo? Chiese il granatiere che li comandava.

"Non c'è bisogno" rispose il tenente. Scopriremmo inutilmente la nostra posizione e, d'altra parte, mi sembra che la nostra abbia già cominciato ad agire.

In effetti, bagliori intermittenti brillavano all'orizzonte. In pochi secondi i proiettili di artiglieria attraversarono le loro teste con fischi impressionanti e dietro di loro si scatenò un vero inferno. Erano al filo spinato. Il tenente si è orientato. Il passo era vicino. Hanno dato la password e in pochi secondi sono saltati tutti in trincea.

Un breve sopralluogo e il tenente ordinò:

"A casa!

"Casa dolce casa!" sospirò Rudi." Cosa sta facendo il mio russo? " Aggiunse, tirando fuori la pipa e riempiendola di tabacco mentre il gruppo si allontanava dalla trincea.

"Come vado a dormire comodo! Bert mormorò, con uno sbadiglio tremendo.

CAPITOLO VI

La mattina seguente, il tenente Wahrenfels fece addestrare i suoi granatieri per informarli che per ordine del comando si sarebbero goduti una settimana di assoluto riposo.

"Me l'ha appena detto il maggiore Braun" li informò. Questa è la sorpresa che avevo in serbo per te. Sono soddisfatti della nostra prestazione, che non può che rendermi orgoglioso. Faremo solo esercizi teorici per un paio d'ore al giorno e il resto del tempo è tuo... confido che non sarà troppo lungo. E ora, rompi i ranghi e divertiti là fuori!

I granatieri esultavano, Rudi, Alf e Bert si schiaffeggiavano forte, ridendo.

"Il più fortunato è Rudi" disse Alf. Almeno ha una ragazza con cui uscire.

"Non possiamo averlo? Chiese Bert. Quest'uomo sbalordito ha creduto che solo lui li vince? D'ora in poi ti dimostrerò che si sciolgono anche per me.

"Zitto, pezzo di tonno! Dove vai con quella faccia?

"Hai creduto di essere un Adone?

"Sono Apollo in persona" si vantò Rudi, gonfiando il petto e torcendo il berretto.

Quando arrivarono nei pressi della taverna, videro Katia uscire con un cesto di panni sporchi. Rudi sibilò e la ragazza voltò la testa. Un'espressione di profonda gioia era dipinta sul suo viso.

"Dove stai andando, tesoro? Chiese Rudi.

«Be', al fiume per lavarsi.

"Posso accompagnarti?

"No. È meglio che entri a bere qualcosa. Penso che ti si addice perfettamente.

"Se non lo servi, mi sembrerai veleno.

"Mio padre te lo servirà. Torno subito.

"Dai, Rudi. Vai con lei" disse Alf. "Perché tanta dissimulazione?

"Non ho voglia di fare una passeggiata", ha risposto il suddetto. Beviamo qualcosa.

I tre sono entrati nei locali. Il vecchio Ivan si occupava dei soldati.

"'Vodka', 'vodka' e 'vodka'" chiese Bert, indicando se stesso e gli altri.

Il vecchio annuì. Poco dopo arrivò con dei bicchieri e una bottiglia di liquore. Rudi ha servito i suoi due amici. Cercò di apparire spensierato, ma i suoi pensieri erano fissi su Katia, che in quel momento sarebbe stata in riva al fiume, in un certo posto bellissimo coperto da erba alta e accarezzata dalla brezza. Passò mezz'ora. Il posto si stava animando e la maggior parte dei tavoli era già occupata. Il fumo ha invaso tutto. All'improvviso Rudi si alzò.

"Vado a fare una passeggiata là fuori" disse. Voglio respirare un po' d'aria fresca.

"Aria fresca? "Ripetarono Bert e Alf, guardandosi con un sorriso malizioso. " Dai, dai. E più tempo ci vuole, meglio è... per te.

Rudi uscì in strada. Il sole splendeva nel cielo. Gruppi di soldati andavano e venivano chiacchierando e ridendo. La guerra sembrava lontanissima sotto quel cielo splendido, in quel paesino tranquillo e pacifico. Rudi prese il sentiero del fiume. Lasciandosi alle spalle le ultime case, scese l'argine e poi proseguì a monte. In quei luoghi cresceva rigogliosa una fitta vegetazione. Ha fatto ancora molta strada. All'improvviso la vide, accovacciata sull'acqua in una piccola pozza. Fischiò da lontano per non spaventarla. Vedendolo, si alzò e gli andò incontro.

Si tenevano per mano.

"Come stai, Rudi? Non ti è successo niente?

"Vedi che sono intero", rispose, muovendosi un po' perché lei potesse contemplarlo a suo piacimento.

"Sì, sì" i suoi occhi azzurri brillavano di gioia. Ti ho pensato molto. E tu? Ti sei ricordata della povera Katia?

"E se mi fossi ricordato? Non pensavo ad altro che a rivederti al più presto... qui, in riva al fiume... noi due.

"No, Rudi. A che serve nutrire vane illusioni? Partirai un giorno, per non tornare mai più... e io resterò qui, solo con la tua memoria.

Rudi le strinse forte le mani. Si trovavano in un luogo tranquillo e appartato, il sole che già tramontava indorava il cielo e soffiava una debole e aromatica brezza. Cercò di avvicinarla e lei resistette. L'aveva presa per le braccia. Volevo baciarla. Sentì il morbido profumo della giovane donna invadere i suoi sensi. Katia si allontanò di scatto e si allontanò di qualche passo.

"No, Rudi, no" disse. Sarebbe inutile. Vai con i tuoi amici. Bene ci vediamo dopo.

Rudi si allontanò verso la strada, scontroso. L'ha aspettata vicino al ponte. Dopo un po' la vide arrivare con il suo cesto di vestiti. Afferrò una maniglia e i due si diressero verso la taverna. La lasciò entrare da sola e poco dopo lo fece.

Alf e Bert avevano dispensato la maggior parte della bottiglia. C'era in loro un'euforia a malapena contenuta.

"Com'è andata, ragazzo? chiese Bert, strizzando l'occhio.

"Sembra che porti il volto di pochi amici" ha commentato Alf, da parte sua.

"Hai combattuto?

"Zitto, idioti! "Esclamò Rudi, scaricando un pugno sul tavolo." E tu, vecchio, porta un'altra bottiglia.

Continuarono a bere. Una ragazza russa aveva cominciato a cantare una canzone malinconica del paese e loro tre tenevano il ritmo con la testa. Katia è rimasta in casa, evitando di uscire. Bert e Alf erano un po' storditi. Rudi svuotò lentamente la bottiglia senza apparentemente avere alcun effetto sul liquore. Era abituato a bere e si vantava della sua resistenza. Tuttavia, in quell'occasione avrebbe preferito che il liquore fortissimo gli turbasse la testa il prima possibile, fino a fargli dimenticare che Katia non aveva voluto lasciarlo stringere tra le braccia.

Era notte fonda quando i tre lasciarono il locale. Camminavano a braccetto, con passo un po' incerto, cantando ad alta voce. Una pattuglia lo ha superato.

"Sono gli "inseparabili tre"" ha commentato un soldato.

"Troppo presuntuoso" ha aggiunto un altro. Sicuro! Come sono così viziati! Quei granatieri pensano...

"Faresti quello che fanno loro? "Il caporale lo ha interrotto." Faresti meglio a tacere, idiota!

Alf, Bert e Rudi stavano camminando per strada. Quando raggiunsero la caserma raddoppiarono le grida, costringendo la sentinella a far tacere. Entrarono nei locali in subbuglio. Il "feldwebel" ordinò loro di denunciare.

"È questo l'esempio che sai dare? Ha "grugnato". Per fortuna siamo a riposo e non voglio disturbarti, altrimenti...

Rudi si portò il cappello agli occhi.

Ehi, feldwebel! "Gli disse". Una giovane donna non ti ha mai regalato zucche?

Il "feldwebel" era rosso di indignazione. Due granatieri si alzarono e, prendendo per un braccio i tre compagni, li costrinsero a sedersi sui loro letti. Rudi si sdraiò sul suo. Per molto tempo, la figura di Katia gli girava nel cervello assumendo strane forme. Appena la vide avvicinarsi, affettuosa e premurosa, le sue labbra rosse si schiusero in un sorriso, come se si allontanasse, imbronciata e ostile, tra l'erba torreggiante della riva del fiume. Dormiva molto male e aveva gli incubi. Sognò che lui e Katia si tenevano per mano in un luogo incantevole. Improvvisamente, il cielo si ricoprì di nuvole minacciose, balenarono i fulmini e nella sua luce livida, un orribile individuo nero, con un teschio bianco sulla fronte, li attaccò e cercò di portare via Katia. Rudi si dibatté sulla sua cuccetta,

Alf e Bert russavano ancora un po'. Rudi rimase sveglio a lungo. Fuori risuonava il rumore dei veicoli che circolavano sulla strada e, in lontananza, un rumore smorzato indicava la presenza del fronte. Si sforzò di dormire. Mille immagini hanno attraversato il suo cervello. Verso l'alba lo colse un sonno pesante e presto si addormentò in un sonno profondo e inquieto.

CAPITOLO VII

Un tremendo scossone lo svegliò. Forti esplosioni hanno scosso l'edificio. I vetri delle finestre andavano in frantumi. I granatieri si erano alzati dalle cuccette e stavano cercando di proteggersi come potevano contro le spesse mura. Il fumo denso ha invaso tutto. Le esplosioni si sono susseguite senza interruzione, trasformando il tranquillo villaggio in un inferno di fiamme e urla.

Alf, Bert e Rudi corsero in direzione di una trincea fatta a poca distanza dalla casa, come rifugio. La tempesta di ferro infuriò con ululati agghiaccianti e orribili detonazioni che scuotevano la terra.

"Sono i 'ventuno'", disse Bert. Ma come è possibile se fino a poco tempo fa nel settore c'era solo artiglieria di medio calibro?

"Li avranno trasportati in questi giorni" disse Alf, impassibile.

"Questo indica che il treno è di nuovo dietro le linee russe. Ma la nostra aviazione non aveva distrutto la pista? chiese Rudi.

"L'aviazione pensa sempre di distruggere tutto", ha detto Bert. Ma vola troppo in alto. Non c'è modo di restare a terra e piazzare un buon carico di esplosivo nel posto giusto.

Il ruggito delle scosse continuò. Gli abitanti del villaggio corsero terrorizzati in tutte le direzioni. Alcune "isbe" cominciavano a bruciare.

"Come succede qualcosa a Katia...! minacciò Rudi, digrignando i denti.

Una ragazza si era fermata a poca distanza dalla trincea dove si erano rifugiati i tre granatieri. Piangeva in modo incontrollabile e guardava in tutte le direzioni alla ricerca di qualcuno che potesse proteggerla. Un proiettile esplose così vicino alla creatura che i suoi vestiti tremarono per lo spostamento dell'aria. Rudi mise entrambe le mani sul bordo della trincea, pronto a venire in suo aiuto.

"Dove stai andando, sciocco? Chiese Bert allarmato.

"Alla ricerca di quella ragazza... E poi, a vedere la mia Katia.

Saltò fuori dal rifugio e corse verso la ragazza. La colse di sorpresa e la condusse dai suoi due compagni.

"Tenetelo lì con voi" disse loro.

E se ne andò di nuovo, imperterrito dal fumo e dalle schegge. La loro stessa artiglieria si stava preparando a rispondere. Le bocche luccicanti delle batterie si alzarono lentamente all'angolazione corretta. I servitori con gli elmi traforati si posizionarono strategicamente attorno ai pezzi. Le granate sono state fatte circolare rapidamente. Gli scioperanti sono stati organizzati. Nel settore c'erano trenta cannoni di grosso calibro, oltre ad alcuni mortai a lungo raggio i cui proiettili aprivano tremendi imbuti ed erano in grado di abbattere con un solo colpo gli edifici e le fortificazioni più solide. A un segnale tutti i pezzi vomitarono il loro carico. Ci fu un orribile sibilo nell'aria e in pochi secondi i proiettili si abbatterono come mostri distruttivi sulle opposte posizioni di artiglieria.

Alf e Bert rimasero nel loro rifugio con la ragazza abbandonata. Alcune ambulanze stavano andando in città. L'artiglieria nemica distanziava i colpi e dopo mezz'ora il fuoco era completamente cessato. Diverse case stavano bruciando e gli abitanti di Novo-Skolki si preparavano a spegnere gli incendi. Alf e Bert sono usciti dal rifugio pronti a prendere parte alle operazioni di soccorso, come tutti i soldati in licenza. Il bombardamento aveva causato un buon numero di vittime tra la popolazione civile. Seguirono scene strazianti e passarono barelle con cadaveri coperti da coperte. Nelle strade si aprirono enormi imbuti e nell'aria aleggiava ancora una fitta nebbia e l'odore di polvere da sparo e trilite.

Al suo posto di comando, il maggiore Braun era al telefono con il colonnello del reggimento.

"Mio colonnello, abbiamo appena subito un tremendo bombardamento da parte dell'artiglieria avversaria. Si tratta di fucili di grosso calibro che fino ad ora non avevano mostrato alcun segno di vita in questo settore. Indubbiamente sono appena stati trasportati e posizionati. Non c'è dubbio che il treno corre di nuovo dietro le linee russe.

"Bene, comandante", rispose il colonnello. Trasmetteremo il rapporto alla Divisione. Nel frattempo, costruisci alcuni rifugi per i soldati e la popolazione civile.

"Agli ordini, mio colonnello" e il maggiore Braun riagganciarono, procedendo immediatamente a impartire le relative istruzioni per l'adempimento dell'ordine ricevuto.

* * *

Rudi era corso come un pazzo, ignorando le esplosioni che accadevano intorno a lui, scuotendo la terra come se stesse avvenendo un terremoto. Uno di loro lo scagliò contro il muro di una "isba" in fiamme e un grosso ceppo cadde in fiamme a pochi centimetri dalla sua testa. Rudi continuò la sua carriera in direzione dell'osteria. Il suo interno era invaso dal fumo denso di un incendio vicino. Non c'era nessuno in giro. Cinque proiettili caddero in strada con un ruggito spaventoso. Rudi uscì. Katia doveva essersi rifugiata nelle vicinanze. Lasciò la strada e uscì nel campo. Negli anfratti si vedeva un buon numero di persone rannicchiate con la faccia a terra. Ha fatto molta strada ispezionando tutto. Infine, accanto a un'altura del terreno, vide Katia. Era stesa a terra cercando di proteggersi nel miglior modo possibile. Saltò al suo fianco. La giovane donna emise un grido di sorpresa.

"Come stai, Katia? "Ha detto". Non ti è successo niente?

"Niente a parte la spaventosa paura che sto attraversando.

Tremava come una foglia. Rudi si avvicinò a lei e le mise un braccio intorno alla vita, tirandola a sé. I minuti trascorsero lentamente. Ma per i due amanti il bombardamento era cessato. Vivevano in un mondo onirico che non aveva nulla a che fare con i proiettili che esplodevano a breve distanza, le urla di terrore, il fumo delle esplosioni e il crollo di modeste case.

* * *

Alf e Bert hanno aiutato una donna anziana a uscire dalle macerie e poi l'hanno messa su una barella. Ha riportato gravi ustioni e due soldati l'hanno portata di corsa al kit di emergenza. Alcune ambulanze stavano già partendo per il più vicino ospedale del sangue.

"Dov'è stato Rudi? Chiese Alf fermandosi un po' a guardare in tutte le direzioni.

"Sarà in qualche rifugio," disse Bert ironicamente, facendo un gesto ondeggiante con le mani.

"Non avrei mai pensato che una donna lo avrebbe reso così moka!

"Ehi guarda! Ecco che arriva!

In effetti, Rudi stava correndo. Non appena il bombardamento si fermò, il suo senso del dovere prevalse e, dopo aver salutato Katia, corse in città pronto ad aiutare i soccorsi.

I tre compagni si prepararono all'azione. Alcune case dovevano essere puntellate e altre che minacciavano di crollare. Il lavoro era duro e faticoso. A mezzogiorno il fumo delle esplosioni si era completamente eclissato, splendeva un sole radioso e sul terreno erano rimasti enormi imbuti dai bordi carbonizzati e tronchi bruciati a terra come tracce del tremendo bombardamento. La popolazione aveva subito un buon numero di vittime e diversi soldati erano rimasti feriti, anche se non in modo grave.

Bert, Rudi e Alf si ritirarono nei loro alloggi con le facce annerite e le uniformi strappate. Poco dopo, il tenente Wahrenfels venne a ispezionare la sua truppa. A parte qualche bruciatura e contusione, i granatieri non avevano subito danni gravi.

"Quella fossa deve essere approfondita e coperta di tronchi e terra", disse loro. In questo modo farai un piccolo esercizio per mantenerti in forma, per non atrofizzare i tuoi muscoli.

Durante la notte, l'artiglieria tedesca continuò a sparare a intermittenza sulle posizioni nemiche. C'era una certa sensazione di angoscia nell'aria, come se si stessero avvicinando eventi importanti. Un aereo russo, a luci spente, ha sorvolato la strada, sganciando alcune bombe sui paesi vicini. Le mitragliatrici antiaeree, di stanza nei dintorni, hanno risposto sparando scie di proiettili traccianti in aria. Fu ordinata la vigilanza e alcuni motociclisti circolarono tra il posto di comando del battaglione e il paese dove si trovava il quartier generale della Divisione.

CAPITOLO VIII

Passarono due giorni. La città si stava riprendendo dai danni causati dai bombardamenti. La vita riprese il suo ritmo normale e come tracce del disastro furono alcune rovine annerite dal fumo e gli enormi varchi aperti dall'esplosione dei proiettili. I soldati in licenza giravano allegramente per le strade e nella vecchia taverna di Ivan era difficile trovare un tavolo disponibile.

A giudicare da alcuni sintomi, il comando procedeva a rinforzare quel settore. Una compagnia di genieri era entrata e, dopo un breve soggiorno a Novo-Litka, era partita per il fronte con le loro provviste di lavoro. Le batterie antiaeree dislocate in luoghi strategici sono rimaste in allerta. Un battaglione di carri armati di stanza a Krasnovardeisk ha distaccato alcuni veicoli corazzati nelle città circostanti. Apparentemente, il nemico stava tentando qualche azione per migliorare le proprie posizioni prima che l'inverno con le sue nevi e ghiaccio rendesse impossibile ogni movimento.

La città di Leningrado, cinta dal cappio di ferro delle divisioni tedesche, cercava di respirare. Solo una ferrovia la collegava all'esterno attraverso il varco nel lago Ladoga, situato a nord, verso il confine con la Finlandia, e da quell'unica via di comunicazione la popolosa città riceveva gli aiuti necessari. Mantenere un tale legame con l'esterno era un obiettivo di vitale importanza per gli assediati. Gli aerei tedeschi sganciarono senza sosta le bombe sulla ferrovia, ma l'imprecisione degli attacchi aerei fu aggravata dalla velocità con cui i battaglioni di operai ripararono i danni. Il traffico, seppur precario, è proseguito. E ne è prova il recente bombardamento di alcune città, effettuato con pezzi di grosso calibro trasportati di recente al fronte.

L'Alto Comando stava studiando un piano finalizzato alla distruzione definitiva della ferrovia. Una volta eliminato questo, la città non poteva sostenersi per più di qualche mese.

Nel frattempo, le unità hanno continuato il loro compito quotidiano, aspettando il momento di lanciare l'attacco. Un posto di osservazione era stato allestito a Novo-Litka, con palloni prigionieri, le cui superfici argentee luccicavano al sole.

Alf, Bert e Rudi hanno lasciato il loro alloggio a metà pomeriggio. L'atmosfera era morbida e calma. Meccanicamente si avviarono, i loro passi verso l'osteria, Katia sorrise a Rudi e lo salutò con un gesto allegro. Si sedettero a bere bicchieri di "vodka". Quando la giovane donna si avvicinò, Rudi disse a bassa voce:

"Perché non usciamo a fare una passeggiata? Vuoi che ti aspetti fuori, tesoro?

"Eto nevozmoino"Ha risposto in russo Ma dopo veroyatno. Ti farò sapere.

Alf e Bert la guardavano senza capire il gergo.

"Cosa stai proponendo? "Ha chiesto il primo." Qualcosa che non possiamo sapere?

"Niente di particolare, ragazzi. Solo una piccola passeggiata per il quartiere. C'è qualcosa che non va?

«Hai già abbastanza mosche per noi, Rudi. Tanto camminare su e giù arriva a scalare chiunque. È che intendi lasciarti intrappolare da quella giovane donna?

"Katia è meravigliosa" disse Rudi roteando gli occhi ed emettendo un profondo sospiro.

"E così ingenuo! "Bert ironizza." Guardala flirtare con quegli autisti.

Davvero. Katia rise alla battuta di due soldati addetto ai trasporti che avevano lasciato i loro camion fuori, sulla via del ritorno dal fronte. Rudi la guardò torvo. I suoi occhi sparavano scintille.

"Non c'è dubbio" disse Alf. Il ragazzo è geloso. ah! ah! ah!

"No! "Bert lo tagliò comicamente allarmato." Non provocarlo. Non voglio che il tenente ci ordini di picchiarci a vicenda come l'altro giorno.

Rudi si alzò e si diresse alla porta. Passando davanti a Katia, disse in russo con accento irritato:

"Ti aspetto vicino all'ultima casa, vicino al ponte.

E iniziò a camminare cercando di contenere il suo nervosismo.

Katia ha impiegato molto tempo a venire. È venuto con un'aria accomodante e allegra. Quando lo raggiunse, lo prese per le braccia e disse ridendo:

"Ma qual è il tuo problema, mio Rudi? Sei geloso? Ma, se quei ragazzi fossero il mare dell'amichevole! Uno di loro mi stava spiegando che...

«Non mi interessa cosa ti stava spiegando.

La prese per un braccio e si avviarono verso il campo. Le ombre della sera cominciavano a invadere tutto. Il cielo, di un azzurro puro, si stava oscurando e una stella brillava in alto. Katia si premette contro di lui.

"Ho freddo" disse.

Rudi le mise un braccio intorno alle spalle. Sentì il suo corpo caldo premere contro il suo. L'odore dei suoi capelli lo intossicava. Si fermarono tra alcuni alberi, vicino al ruscello. Katia si sedette su un monticello e Rudi fece lo stesso accanto a lei. Si tenevano per mano, guardandosi negli occhi.

"Katia" esordì ", io... io ti amo. Capisco che sia sciocco, ma non posso farci niente. L'altra sera, mentre ci esibivamo, pensavo solo a te. E per la prima tempo da quando ero in guerra, volevo tornare sano e salvo... solo per essere di nuovo al tuo fianco... e parlarti, come adesso.

"Ti amo anch'io, Rudi. Il destino ci ha messo uno di fronte all'altro. La guerra è crudele, ma un giorno finirà, e allora forse io e te potremo stare insieme per sempre... Ma a che serve avere illusioni? Partirai di nuovo e io resterò qui pensando al tuo ritorno. Forse tornerai nel tuo paese e non ricorderai mai più Katia.

Le vennero le lacrime agli occhi. Rudi la attirò a sé dolcemente. Ha ceduto. Le loro labbra si incontrarono in un bacio.

"Qualunque cosa accada" sussurrò "Ti amerò sempre. Verrai con me, eh, Katia? Vedrai come saremo felici quando tutto questo sarà finito e la pace regnerà di nuovo sulla terra.

Rimasero a lungo in profonda estasi. Era già buio di notte. Le stelle brillavano sopra il cielo. In lontananza risuonò una tromba. Li raggiunse il rumore attutito dei camion che percorrevano la strada.

"Dobbiamo andare", mormorò Katia. Mio padre sarà a disagio.

Rudi si alzò e, tendendo le mani, l'aiutò ad alzarsi. Tornarono indietro lentamente, senza svegliarsi dalle loro fantasticherie. Il granatiere l'accompagnò fino alla porta stessa della taverna. Si baciarono di nuovo al buio.

"Ci vediamo domani, Katia... E sognami.

"Ci vediamo domani, Rudi.

Alf e Bert erano già in caserma, distesi sui letti a castello, quando arrivò il loro compagno.

"Che ore, amico! Com'è andato lo spettacolo? Disse il primo.

Rudi grugnì scontroso. Non stavo scherzando. Si distese sulla stuoia e rimase immobile, fissando il vuoto.

"L'accusa è ancora valida", ha aggiunto Alf. Devi vedere quanto può cadere in basso un uomo!

Si voltò e si mise a dormire. Bert guardò Rudi con aria sdegnosa e, preso un giornale, cominciò a leggere alla luce fioca di una lampadina.

Si avvertì una voce lontana che a poco a poco si stava avvicinando. Diversi squadroni di aerei attraversarono lo spazio. I granatieri ascoltarono attentamente.

"Dove andranno? Chiese uno di loro.

"Non me ne frega niente," rispose Bert "finché non si scaricano da queste parti.

La voce si è allontanata. In poco tempo, una scossa quasi impercettibile fece tremare il terreno. Le bombe esplodevano sulla città assediata, mentre decine di proiettori perlustravano il cielo alla ricerca degli ordigni d'attacco e i cannoni antiaerei scaricavano in aria le loro schegge, alla ricerca delle ali d'acciaio che segnavano il loro cammino con una scia di morte e distruzione. Bert spense la luce e dopo un po' stava russando pacificamente mentre gli aerei ronzavano mentre tornavano fuori.

CAPITOLO IX

"Per formare! "Gridava il 'feldwebel'.

Erano le sette del mattino. I granatieri si precipitarono a prendere il loro posto nei ranghi. Il tenente è venuto a testimoniare la lista. Uno per uno, hanno risposto quando hanno sentito il suo nome. Era una semplice routine, che il tenente imponeva per non perdere l'abitudine della disciplina di caserma. Furono istituiti alcuni servizi e il "feldwebel" stava per ordinare di rompere i ranghi, quando il tenente lo fermò con un gesto.

"Rudi, Bert e Alf verranno al mio alloggio" disse. Ho una questione importante da comunicarti.

"Cosa diavolo vuole? borbottò Rudi.

"Forse ci hanno dato la Croce di Ferro di prima classe e un permesso per Berlino", disse Bert con una smorfia.

Il tenente si stava allontanando ei tre granatieri lo seguirono. Il capo della pattuglia si fermò quando raggiunse la porta della sua "isba".

"Entrate, ragazzi" disse loro. Beviamo qualcosa e chiacchieriamo.

"Così tanta gentilezza mi spaventa" disse piano Rudi.

Si sedettero a tavola e il tenente cominciò senza ulteriori indugi:

"La situazione si è leggermente complicata in questi giorni. Apparentemente, i russi hanno rinforzi che possono essere giunti a loro solo tramite la ferrovia che abbiamo tentato con tutti i mezzi di distruggere, senza essere assolutamente realizzati fino ad oggi. Tuttavia, potrebbero verificarsi circostanze imprevedibili che aiutano a migliorare le tue comunicazioni. Il maggiore Braun mi ha chiamato ieri sera per informarmi che è necessario scoprire qualcosa... E per questo ci sono solo due sistemi: fare un'escursione attraverso il terreno nemico, osservando personalmente l'accaduto, oppure battere una mano contro le trincee , portando alcuni prigionieri per aiutarci a svelare l'enigma. Il maggiore ed io siamo giunti alla conclusione che tre granatieri determinati possono fare quest'ultima senza troppo rumore, e con piena soddisfazione del Comando. Ho pensato subito a te. Dimmi sinceramente cosa ne pensi. Certo, non vi costringerò e se qualcuno di voi preferisce restare, lo dica chiaramente.

"Guardati, mio luogotenente," rispose Rudi. Sa che amiamo queste piccole faccende. Quanti russi vuoi? Ti bastano venti? E dirò di più: se mi autorizzi, andrò da solo.

Due grosse mani gli caddero sulle spalle, sul punto di buttarlo a terra. Alf e Bert lo minacciarono con i pugni.

"Bene. Non litigate" disse il tenente sorridendo. Voi tre andrete e spero che siate fortunati che vi abbia servito "vodka". "L'operazione sembra semplice, ma il Comando le attribuisce un'importanza straordinaria. Il La pianificazione definitiva di alcune delle operazioni in studio dipende dalle dichiarazioni di questi detenuti, quindi siate molto attenti, agili e cauti.

Ha srotolato un progetto e ha proceduto a istruirli nei dettagli del colpo di stato. In genere si trattava di sorprendere sentinelle isolate lungo una trincea che si estendeva davanti alle postazioni della quarta compagnia del Secondo Battaglione e le portava senza far rumore, oppure di sorprendere un'intera squadra addormentata nella loro capanna e costringerla camminare tra le canne dei suoi "fucili mitragliatori" in direzione delle sue stesse linee.

"Scivolerai come gatti e, a meno che tu non sia sicuro del successo, non agire. Preferisco tornare sano e salvo, a mani vuote, piuttosto che ferito o malconcio con un russo o due. Prenderete attrezzatura leggera e partirete a metà pomeriggio verso le postazioni di prima linea. Il capitano Schmidt ti aspetta.

"Cosa ne pensi?" Chiese Bert mentre se ne andava." Questa è la nostra famosa pausa?

"Bene" disse Alf. Mi stavo già annoiando. Inoltre, la cosa promette di essere divertente, vero, Rudi?

"Certo. D'altra parte si tratta solo di mancare una notte. Qualcosa come quando altre volte si andava a fare una festa con gli amici, non tornando prima dell'alba.

Dopo pranzo esaminarono la loro attrezzatura. Pulirono accuratamente la sua "mitragliatrice", controllarono il bordo del machete e fecero scorta di bombe a mano.

"Hai intenzione di andare a trovare Katia? Bert ha chiesto a Rudi.

«Sì, ma non ti dirò niente del lavoro di stasera. Cosa ci guadagno dal far soffrire la povera ragazza?

Al magazzino del furiere raccolsero una piccola scorta fredda che riposero nella piccola borsa laterale fissata alla cintura. Erano le quattro e mezzo quando un camion veniva a prenderli.

Il capitano Schmidt strinse loro la mano quando raggiunsero la prima linea.

"Ho già sospettato che saresti stato tu" disse. Conseguenze di godere di tanta fama! Vieni nella mia baracca e ci prendiamo un bicchiere di brandy.

Una volta all'interno del rifugio, li informò brevemente sulle condizioni della trincea da cui sarebbero usciti e attraverso la quale avrebbero cercato di tornare.

Passò un'ora. Si era fatto buio. Il capitano ha chiamato un collegamento. Si strinsero la mano.

"Buona fortuna, ragazzi" vi augurò. E fino al ritorno. Non portate un'intera azienda... Non sapremmo dove metterla.

Il collegamento li ha portati all'avamposto. Il movimento notturno era iniziato. Risuonarono colpi a vuoto e occasionali mitragliatrici sferragliavano, sparando i loro proiettili traccianti. Strisciarono attraverso il sentiero aperto nel filo. Le posizioni erano molto ravvicinate e bisognava prendere delle precauzioni fin dall'inizio. Continuarono a strisciare come bestie inseguitrici attraverso la terra di nessuno. Con gli occhi fissi in avanti, Rudi, Bert e Alf si fermavano di tanto in tanto trattenendo il respiro per sentire meglio. I razzi si alzarono in aria, diffondendo per qualche secondo la loro livida lucidità, poi si spensero con un clic. Fecero una deviazione per allineare la trincea nemica sul lato che, secondo le informazioni della compagnia, era il più sguarnito. Quando arrivarono davanti ai sacchi di sabbia si fermarono a studiare il terreno.

"Avanzeremo nel modo seguente" disse Rudi sottovoce ": Uno dal fondo della trincea. Questo sarò io. Gli altri due in alto, Alf a destra e Bert a sinistra. Soprattutto fate non lasciarli urlare o sparare, o lanciare un razzo d'allarme, se li becchiamo assonnati possiamo portarne almeno cinque o sei.

Hanno raddoppiato le precauzioni. Bert inciampò in un barattolo di latta, imprecò. Camminarono per cinquanta metri senza quasi respirare. La minima svista potrebbe costare loro la vita. La trincea verso una curva. Dall'altra parte un'ombra si stagliava confusa contro la terra turbata. Rudi fece un segno. Scivolavano come gatti. Rudi era a pochi metri dal russo. Sentì qualcosa e girò la testa.

"Kotori téper tchasse? Chiese, per nulla sospettoso.

"Téper sefn" rispose Rudi con voce calma.

"Temimi sfigato.

Senza dubbio stava aspettando il suo sollievo. La canna di un "mitragliatore" si conficcò nelle sue costole, mentre Rudi gli ordinava a denti stretti:

"Zitto o ti asciugo!

Gli occhi del russo si spalancarono per la sorpresa. Altri due "fucili mitragliatori" gli sono stati puntati contro la trincea. Era inutile resistere. Alzò le braccia e Rudi lo spogliò delle sue armi.

«Abbi cura di lui, Alf. E stai attento a non farlo scappare.

Stavano per proseguire quando risuonarono dei passi nella trincea. Due uomini si stavano avvicinando. Rudi, Alf e Bert si erano distesi a terra costringendo il prigioniero a fare lo stesso. Erano il soldato di soccorso e un sergente, che senza dubbio ispezionavano le postazioni. Bert stava per fischiare. Niente di meno che un sergente! Dopo alcuni sacchi di sabbia, Rudi ha aspettato che la coppia uscisse sul parapetto. Fece un segnale e tre "mitragliatrici" allinearono i russi, uno dall'alto e due da entrambi i lati della trincea, poiché Bert era caduto in fondo alla trincea per impedire loro di fuggire dal lato opposto. I russi non hanno resistito. Era completamente inutile.

Il ritiro doveva essere effettuato, senza causare alcun allarme. Tornarono da dove erano venuti. La notte è stata piena di voci. Una pattuglia nemica è passata a breve distanza. Aspettarono con i nervi tesi finché non se ne fu andato. Bert osservò brevemente i dintorni. Sono usciti dalla trincea. Il ritorno è stato estremamente faticoso per il dover strisciare a prendersi cura dei prigionieri. Appena si furono allontanati un poco, Rudi disse sottovoce ai suoi due compagni:

"Buona caccia, eh? Il maggiore Braun ci abbraccerà felicemente!

"Non ho mai visto una cosa più facile in vita mia", ha detto Bert. Era come entrare in una tana e tirare tre conigli per le orecchie.

"La cosa buona è che nessuno ci crederà", ha aggiunto Alf. La storia dovrà essere un po' drammatizzata. In pochi minuti distinsero il filo spinato. La sentinella li fermò e risposero alla password. Il capitano Schmidt non credeva ai loro occhi. Proseguirono fino al luogo dove stava aspettando il camion e verso mezzanotte si presentarono al posto di comando con i tre prigionieri. La sorpresa del maggiore Braun fu immensa. Quei ragazzi valevano tanto oro quanto pesavano. Ti stringo cordialmente la mano. Due soldati armati di "mitragliatrici" hanno condotto i prigionieri al posto di comando del reggimento, dove sarebbero stati interrogati. Poco dopo Alf Bert e Rudi, distesi sulle loro stuoie, pronti a dormire sereni fino all'alba del nuovo giorno.

CAPITOLO X

"Ho chiesto al tenente il permesso di andare a Krasnovardeisk e me lo ha dato", disse Rudi ai suoi amici quella mattina, quando i tre stavano uscendo dall'alloggio.

"Wow, amico! esclamò Alf. E... vai da solo?

"Beh... mi sarebbe piaciuto molto che tu venissi con me, ma una volta lì sarò piuttosto occupato e...

"Bene. Bene. A proposito, un'ora fa ho visto Katia salire su un camion. Non sarebbe andato anche lui a Krasnovardeisk?

Che diavolo ne so? Credi che mi tenga aggiornato su tutto quello che fa?

Si sono appostati al distributore di benzina situato all'uscita del paese, dove si fermavano la maggior parte dei camion che circolavano in quel settore. Presto apparve un formidabile "Henschel" con un trailer. Rudi fece un segno. Il camion si è fermato per fare rifornimento.

"Dove state andando ragazzi? Ha chiesto agli autisti.

"Arriveremo a Krasnovardeisk e per metà pomeriggio saremo di ritorno.

"Magnifico! Vengo con te.

Entrò nel veicolo. Altri soldati erano già seduti all'interno. Fece un cenno ai suoi due amici mentre il camion si avviava.

"Addio!... E buon divertimento! gli gridò Alf.

Rudi strinse entrambe le mani in uno sprezzante scherno. Non era facile ingannare i suoi amici. Il camion stava sbattendo lungo la strada dissestata tra il monotono ronzio del suo potente motore. Krasnovardeisk scomparve all'orizzonte dopo un'ora. Era una città enorme e popolosa, dove le divisioni tedesche avevano installato i servizi del settore. I soldati, le cui uniformi grigie erano mescolate agli stracci della popolazione civile, vagavano sempre per le sue strade. I caffè erano sempre vivaci e in alcuni ristoranti venivano serviti i pasti, anche se a prezzi accessibili solo a chi aveva un sacco di soldi.

Katia lo aspettava, come stabilito la sera prima, nella piazza principale, davanti alla chiesa ortodossa, con le sue cupole dorate bizantine. Era molto carina con il suo vestito nuovo e il velo, nello stile del paese. Gli sorrise mostrando i denti bianchissimi e avanzò verso di lui con le braccia tese. Camminarono lentamente, godendosi lo spettacolo della città. Entrarono in uno o due negozi e Rudi le regalò dei ninnoli, che ricevette tra esclamazioni di gioia. Più tardi andarono a mangiare in un ristorante. Seduti alla tovaglia bianca, si guardarono negli occhi. Un cameriere era premuroso. Il menu era semplice, ma era una vera delizia, considerando le circostanze. Rudi si concesse di ordinare una bottiglia di vino, che sorseggiarono lentamente. Attraverso i vetri si vedeva la folla andare e venire in una corrente ininterrotta. Dopo aver mangiato andarono al parco.

"Guarda che bel laghetto! esclamò Katia.

Si avvicinarono all'acqua circondati dal verde e si contemplarono nel suo chiaro riflesso.

"Katia, lo sai che sei davvero bellissima oggi?

Gli occhi della giovane donna brillarono di gioia e strinse il braccio di Rudi, avvicinandosi ancora di più a lui. Sono cambiati in silenzio per molto tempo.

"Come vorrei restare qui per sempre... con te! mormorò Rudi. In una città come questa, dove almeno si può vivere e dove la presenza del fronte non minaccia ad ogni istante.

"Non sperare in alto, Rudi, io e te non riusciamo nemmeno a pensare a queste cose. Il tuo destino è combattere... e il mio aspettarti.

"Forse un giorno...!

"Dimentica che dobbiamo tornare a Novo-Skolki. Dimentichiamo che tu sei un soldato e io una ragazza russa. Approfittiamo di questi momenti e non ricordiamo il domani.

"Sì. Forse è meglio così" borbottò Rudi pensieroso.

Rimasero nel parco fino a metà pomeriggio. Improvvisamente Rudi guardò l'orologio. Dovevi sbrigarti se volevi tornare sullo stesso camion. Katia lo avrebbe fatto un po' più tardi, con gli abitanti del villaggio con cui era venuta e che stavano facendo un po' di shopping in città. Si baciarono appassionatamente.

"Arrivederci Katia. Se torni presto, ci vediamo ancora per un po' stasera, vero?

"Penso di sì, Rudi. Aspettami vicino al ponte. Andrò anche solo per darti un altro bacio.

Rudi aspettò all'angolo concordato che il camion passasse. Questo non ha tardato ad apparire.

"Come stai, granatiere? Chiesto uno degli autisti.

"In città ci si diverte sempre", rispose Rudi, salendo in cabina. Il rovescio della medaglia è che non ti danno il permesso per più di un giorno...

Il camion ripartì. Il paesaggio piatto e monotono passò lentamente davanti agli occhi di Rudi, che lo fissava con sguardo assente, senza vedere nulla. I chilometri passavano uno dopo l'altro. Il camion pesante continuò a muoversi senza intoppi e senza intoppi.

"Una sigaretta? "Offrì all'autista.

Rudi ha accettato e ha proceduto ad accenderlo. Gli sbuffi di fumo riempirono a poco a poco la cabina. Rudi abbassò di qualche centimetro il vetro della finestra. Improvvisamente, le sue orecchie, tese dalla costante vigilanza, udirono un rumore che risaltava al di sopra del ronzio del veicolo. L'autista lo guardò interrogativamente.

"Qualcosa non va?" chiedo.

Rudi finì di abbassare il bicchiere e tirò fuori la testa. Non c'era dubbio a riguardo. A poca distanza era in atto un tremendo bombardamento, forse in direzione di Novo-Skolki. Mentre salivano su una piccola collina, il paesaggio si espandeva davanti ai loro occhi. Una fitta nuvola di fumo si alzò sopra l'orizzonte, coprendo una considerevole area di terra. Inconsciamente, l'autista accelerò. Le esplosioni si sono susseguite con un tremendo boato. Potevi sentire il terreno tremare nonostante la distanza. Avanzarono di qualche chilometro. Quando piegavano una curva percepivano le fiamme dei proiettili di grosso calibro.

"Non avranno lasciato una casa in piedi" ha detto l'autista. Aspettiamo qualche minuto. Non voglio esporre inutilmente la mia macchina.

Il bombardamento durò ancora per qualche minuto. Poi i colpi si fecero più distanziati e alla fine si fermò. Densa nuvola di fumo sospesa nello spazio. L'odore di polvere da sparo li raggiunse. Molte case stavano bruciando. Il veicolo è avanzato verso la periferia della città. Lo spettacolo è stato fantastico. Pochissime case sono rimaste illese, Rudi si è messo a correre. La gente fuggiva terrorizzata in tutte le direzioni. Cadaveri straziati sono stati visti per strada. Una sirena d'allarme emetteva i suoi tragici gemiti. Rudi camminò tra le macerie verso la caserma. Alf e Bert lo incontrarono. I loro volti erano anneriti dal fumo. Tutti i componenti della pattuglia si preparavano a soccorrere quante persone giacevano sotto le case crollate.

"L'altro giorno non è stato niente in confronto a questo" gli disse Bert, ansimando.

I tre corsero verso un luogo dove risuonavano lamenti e urla. I ceppi fumanti dovevano essere spazzati via, i muri abbattuti, creature viventi e cadaveri rimossi dalle rovine. Quasi nessun'altra casa era stata risparmiata dal bombardamento. La caserma è stata gravemente danneggiata.

"Mi sembra che stiano per evacuare la città" disse Alf. Almeno questo è quello che ho sentito dire dal tenente.

La casa di Katia è stata quasi distrutta. Si salverebbe solo una piccola parte, quella dove si trovavano i locali destinati ad una taverna, e parte dell'abitazione dei suoi proprietari. Rad: ha sentito il suo cuore stringersi. Il vecchio Ivan fissava sconsolato le rovine della sua casa. Rudi gli diede una pacca sulla spalla, cercando di tirarlo su di morale.

Il salvataggio è andato avanti fino a tarda notte. Katia e Rudi non ricordavano, più della loro intervista. Il primo era arrivato due ore dopo la fine del bombardamento. Pianse inconsolabile alle rovine e poi si dedicò a spostare e curare i feriti con le altre donne. I bombardamenti dell'IS avevano colpito anche diverse città vicine. La strada era piena di fuggitivi che si stavano dirigendo verso il retro con gli averi che erano riusciti a salvare dalla catastrofe.

Quella notte e quando sulla città regnava una relativa calma, il tenente radunò i suoi uomini davanti alle rovine della caserma.

"Raccogliete tutto il vostro materiale" disse loro. Sono stato chiamato urgentemente al posto di comando. Quando tornerò, dovranno essere pronti per qualsiasi cosa ordini il colonnello.

E se ne andò con un'auto leggera che lo aspettava a poca distanza. I granatieri si occupavano di ordinare il materiale e di pulirlo superficialmente. Fortunatamente le armi e le munizioni non erano andate perdute.

"Prevedo gli eventi" mormorò Rudi, guardando distrattamente verso il luogo dove si era allontanato il tenente... "E non va bene, comunque.

CAPITOLO XI

«Entra», disse il colonnello Weiss, quando il tenente ebbe bussato alla porta dell'alloggio del suo comandante di reggimento.

Il tenente Wahrenfels era sull'attenti, il colonnello Weiss gli fece cenno di sedersi. Era un uomo alto, tarchiato, dai capelli quasi rasati, vestito in maniera impeccabile con un'uniforme in cui spiccava una moltitudine di decorazioni, alcune delle quali ottenute nella prima guerra mondiale, quando con il grado di tenente prestò servizio in un reggimento che operava per le terre di Francia. Si avvicinò in silenzio a un tavolo e vi aprì un'enorme mappa. Poi si rivolse a Wahrenfels, si sedette di fronte a lui e gli offrì una sigaretta.

"Dobbiamo parlare" disse. Era un uomo di poche parole e dall'espressione intelligente e distratta". Non ho bisogno di dettagliare i preliminari della questione, poiché tu stesso ne hai appena subito le conseguenze. Insomma: i russi hanno rimesso in funzione la ferrovia Leningrado-Sestrorjezc, che la nostra aviazione era riuscita a distruggere quasi completamente, e su di essa circolano di nuovo treni di munizioni e materiale. La fitta artiglieria spara di nuovo sulle nostre posizioni. Ciò indica la possibilità che il nemico si prepari ad un'azione offensiva, cercando di liberarsi dall'accerchiamento o di alleggerirlo il più possibile.

Rimase in silenzio per qualche minuto, fumando la sigaretta. Il tenente Wahrenfels ascoltò attentamente.

"Come sapete, da Sestrorjezc, sulle rive del Ladoga, si stabilisce la comunicazione con il resto del Paese non ancora sottomesso dalle nostre armi. Il pericolo che ciò comporta per la nostra sicurezza futura è evidente. Se armi e rifornimenti iniziano ad affluire in città, Leningrado potrebbe trovarsi nella posizione di tentare un'operazione in grande stile che non possiamo in alcun modo consentire. Tutto il problema sta, quindi, nell'eliminazione di questa ferrovia, ma in modo efficace e completo, senza lasciare al nemico la possibilità di ricostruirla finché le basse temperature dell'inverno non rendano impossibile l'impresa.

Il tenente Wahrenfels si appoggiò allo schienale della sedia. Cominciava a piacergli la prospettiva.

"Gli attacchi aerei" ha proseguito il colonnello "sono sempre alquanto imprecisi. Questa volta non possiamo lasciare nulla al caso. In una conferenza tenuta questa mattina con il Comando divisionale, abbiamo convenuto che la cosa più efficace fosse inviare una pattuglia che, salvando quanti più ostacoli possibile, raggiunge la linea ferroviaria e vi depone potenti esplosivi in vari punti, coprendo la maggior estensione possibile. . Non mi è nascosto che il compito è faticoso e rischioso, ma la sua pattuglia può farlo, tenente . Crediamo che sia l'unico con i poteri per farlo. L'elezione è un onore per te.

Il colonnello andò al tavolo e fece cenno al tenente Wahrenfels di avvicinarsi. L'enorme mappa del settore correva dal Golfo di Finlandia al Lago Ladoga e mostrava con dovizia di particolari la stretta striscia di terra su cui si trova la città. Prese un righello e continuò:

«Fai attenzione, tenente. Il nostro progetto è il seguente. Se avete domande, chiaritele. Come puoi vedere, la prima linea proviene da Pertehof e passando per Pushkin prosegue fino a Schlüsselburg. La quarta compagnia del secondo battaglione è proprio lì" indicò con il sovrano un posto sull'aereo, vicino a Pchira. Da quella posizione farai la tua uscita. Il ritorno... lo lascio a te. Porteranno un fucile mitragliatore con le relative munizioni, "fucili mitragliatori", bombe a mano al mango e all'uovo, zappa e rifornimenti in forma concentrata per quattro o cinque giorni. Non esporsi incautamente. Calcola accuratamente tutti i tuoi colpi. Agire preferibilmente di notte. Nasconditi durante il giorno e cerca di riposare. Non dimenticare i razzi di allarme nel caso ne avessi bisogno al tuo ritorno. Preparati bene tutto il giorno domani. Alle otto orologio di notte, un camion li condurrà in prima linea. Non perdere di vista l'enorme importanza del tuo compito e tieni presente che l'intera divisione seguirà il suo sviluppo con la più assoluta fiducia riposta in te.

Si erano entrambi alzati, il tenente Wahrenfels rispose:

"Sono grato a nome mio e del mio gruppo per la fiducia a cui avete appena accennato e vi assicuro che sapremo come renderlo creditore.

Si raddrizzò rigidamente e il colonnello gli strinse la mano.

"Buona fortuna, tenente. È tutto chiaro?

«Perfettamente, mio colonnello, lei ci ha spiegato il problema in linea generale. Lascia i dettagli del nostro account.

Sorrise e, voltandosi, lasciò la stanza. La stessa macchina che lo aveva portato lo riportò a Novo-Litka attraverso la pianura ondulata dove gli alberi alzavano al cielo i loro rami spogli. Ma il tenente non perse tempo a contemplare il panorama. Il suo cervello aveva lavorato instancabilmente dal momento in cui il colonnello lo aveva mandato a chiamare.

La missione che gli era stata appena affidata era per lui una responsabilità tremenda. Un fallimento significava l'intensificazione delle difese russe e l'inverno, già alle porte, nascondeva minacce oscure e vaghe. L'operazione dovrebbe essere preparata con una cura straordinaria, senza lasciare nulla al caso.

In direzione del fronte si sentiva il tuono dell'artiglieria che schiacciava le difese nemiche. L'autista ha indicato a sinistra senza rallentare l'auto. Diversi squadroni di aerei volarono in formazione. Il tenente Wahrenfels osservava con i suoi gemelli di campo. Erano bombardieri "Ju 87" accompagnati da una forte scorta di velocissimi e potenti "Messerchmidts 109".

"Sembra che si stiano dirigendo verso la città" disse l'autista.

"Davvero. Il fronte si rallegra, eh, ragazzo? Era giunto il momento dopo tanti mesi di guerra di posizione. Questo annoia chiunque.

«Non hai mai tempo per annoiarti, mio tenente. A volte mi viene voglia di lasciare questa dannata macchina e chiedere di entrare in una pattuglia di ricognizione, come la tua.

"Anche guidare una macchina ha i suoi meriti, amico mio. Soprattutto in determinate circostanze speciali... E mi sembra che questi si presenteranno molto presto per te.

Le rovine della città erano già delineate sulla strada. Entrarono nella strada principale, privi di detriti, ma ancora al lavoro, sgomberando rovine e sgombrando il terreno. L'auto si fermò in quello che era stato l'alloggio della pattuglia. Davanti alla porta erano ammucchiate provviste di ogni genere.

"Bene, ragazzo" disse il tenente all'autista, siamo arrivati. Arrivederci... e se possibile a Leningrado.

L'autista salutò. La sua macchina fece una curva brusca e si allontanò di nuovo nella direzione da cui era venuta.

I granatieri avevano condizionato nel miglior modo possibile ciò che restava dei locali. I sacchi erano stati appesi davanti alle finestre e le pareti erano state puntellate. Il "feldwebel" venne a dare la notizia, al suo luogotenente.

"Tutti pronti per un'operazione. Rivedrò come prima cosa in mattinata. Passeranno la giornata a prepararsi. L'armamento deve essere ingrassato, le munizioni preparate e le micce delle bombe controllate. Abbi cura di tutto questo e metti il caporale Schäfer per occuparsi della fornitura. Razioni concentrate per cinque giorni. Nessuno dimentichi il suo "ranch di ferro". Partiremo per le posizioni alle otto. Nessuna distrazione o distrazione.

Il feldwebel salutò. Questa volta era grave. A giudicare dall'atteggiamento del capo, era un compito importante. Fece addestrare gli uomini e comunicò l'ordine ricevuto.

"Volevo già lasciare questa dannata città" commentò allegramente Bert.

"Questa è la nostra cosa! "Alf aggiunto." Niente per catturare i russi come conigli, ma per assalire con energia, coraggio e determinazione. Questa volta scopriranno chi è Alf Voss! Ra, ta, ta, ta! Lo fece, brandendo un immaginario "mitragliatore".

"Il festival sta per iniziare", ha detto. Rudi". E saremo incaricati di preparare i fuochi d'artificio con cui inizia. Questa volta ci divertiremo, te lo assicuro.

E si strinse la cintura, tastando la pistola che vi pendeva.

CAPITOLO XII

Alle prime luci del mattino, il gruppo si formò in strada. Il feldwebel Engerling, con la sua faccia bruna, il caporale Schäfer, silenzioso e calmo, i due servi della mitragliatrice, Rudi, Alf e Bert e gli altri quattro granatieri, tutti rigidi e fermi, con i loro stivali lucidi, i loro elmi puliti e sguardo penetrante ed energico fisso sul suo capo. Il tenente Wahrenfels ha dato loro una revisione approfondita, senza risparmiare nemmeno i pulsanti sui guerrieri, e poi ha proceduto a spiegare la portata e lo scopo dell'incursione. I granatieri ascoltavano con la massima attenzione.

"Dovremo essere furbi come volpi. Nessuna imprudenza o rischi inutili. Coordinazione perfetta e molta disciplina. L'azione personale sarà consigliabile solo in caso di problemi reali. Confido nella tua intelligenza e nella tua decisione. L'Alto Comando e l'intera Divisione hanno gli occhi puntati su di noi... Non vi dirò di più. Tutti qui alle sette e mezza, pronti a partire.

* * *

Alle tre del pomeriggio comparve il caporale Schäfer con due soldati carichi di sacchi, che procedevano alla distribuzione della scorta fredda. Ogni granatiere ha ricevuto un pane in scatola, diverse lattine di cibo concentrato, burro, che hanno messo in una scatola di plastica per lo scopo, caramelle vitaminizzate e una bottiglia di "vodka" con chiusura a scatto. Le mense erano piene di tè forte. La borsa laterale era piena. Se possibile, altro cibo dovrebbe essere procurato in territorio nemico. Ciò costituiva la riserva essenziale per i quattro o cinque giorni che durò l'incursione.

Tutti si diedero da fare con i preparativi e alle quattro del pomeriggio si potevano considerare finiti. Le squadre erano accatastate in perfetto ordine. Il caporale Schäfer aveva appena rimontato la sua mitragliatrice, che aveva pulito e rielaborato pezzo per pezzo, e procedeva ad applicare polveri di zolfo alla trasmissione a filo. Rudi gli si avvicinò.

"Vado alla taverna del vecchio Ivan" disse. Se il feldwebel chiede di me, digli che starò via per qualche minuto.

"Guarda, Rudi, non fare scherzi" si lascia sfuggire il caporale scontento.

"Non mi ci vorranno due minuti. Si tratta solo di scambiare due parole con...

"Sì, con la tua bionda, lo sapevo già. Andremo. Ma se chiedono di te, non so niente. Non mi va di vincere un pacchetto a causa di un uomo così testardo. Bah! Quelle donne...! Ringhiò sprezzante.

Rudi guardò a destra ea sinistra. Alf e Bert lo stavano guardando. Si aspettavano che l'evento si verificasse da tempo. Gli fecero un cenno con la mano, facendogli segno di sbrigarsi, facendogli l'occhiolino. Poteva fidarsi di loro. Erano i migliori compagni del mondo.

Katia era all'interno della casa fatiscente, riparando il più possibile qualche danno che l'avrebbe resa nuovamente abitabile. Il vecchio Ivan stava inchiodando delle assi. Approfittando di un momento in cui era di spalle, fece un cenno alla giovane donna, che uscì in strada.

"Devo parlarti" disse il granatiere.

"Non ora. Non hai visto il lavoro che ci aspetta? Se perdiamo tempo, avremo un inverno terribile. Le aperture devono essere coperte in modo che l'aria non penetri attraverso di esse.

"Dobbiamo parlare" ripeté Rudi, inflessibile.

"Bene. Quello che vuoi. Ma non per molto. Mio padre si arrabbierà.

Camminarono lungo la strada fino all'uscita della città. Giunti nei pressi del boschetto di abeti, Rudi si fermò, la prese per le braccia e la fissò a lungo in silenzio.

"Cosa c'è che non va in te, Rudi? Stai partendo di nuovo?

Sì, Katia. Ma ora staremo lontani per qualche giorno... o forse settimane. Tutto dipende da come ci vengono date le cose.

"Oh Rudi! Esclamò, premendo il viso contro il suo petto.

Rudi lo strinse forte.

"Questa volta non li ho tutti con me. Inoltre, ho sentito che hanno intenzione di evacuare la città. Quindi non è facile per noi tornare qui per riposarci.

"Lo sapevo. Mio padre ed io abbiamo deciso di trasferirci a Krasnovardeisk, con i parenti, nel caso in cui l'ordine diventi effettivo.

"Il nostro ritorno qui è dubbio. Comunque al mio ritorno... se non mi succede niente chiederò il permesso e andrò a trovarvi a Krasnovardeisk. Non dimenticare di darmi gli indirizzi di quei tuoi parenti.

Katia rabbrividì.

"Ho una sensazione. Mi sembra che questa separazione sia definitiva per entrambi.

Rudi rise, forzatamente.

"Sai già che la mia pattuglia è la pattuglia fortunata. Torniamo sempre, Katia, e questa volta non c'è motivo di supporre il contrario. Il mio unico rimpianto è di dover passare qualche giorno senza vederti. Al nostro ritorno ci ritroveremo in città. Andremo a mangiare in un ristorante e passeggeremo nel parco come quel giorno... ricordi? Sarà ancora meglio di qui.

Katia piangeva in silenzio.

"Dai, Katia. Non essere sciocca. Questa città è già inabitabile. Devi trasferirti in un posto più sicuro. Inoltre, in città sarai sempre più divertente, non credi?

"Più divertente? Senza di te? Oh Rudi! Non dire sciocchezze" e raddoppiò i suoi singhiozzi.

Rudi le sollevò il viso bagnato di lacrime e la baciò a lungo.

"Devo andare, Katia. Ci sono ordini severi e non voglio compromettere i miei amici.

Premette di più contro il suo corpo.

"No, Rudi, no! Non andare. Se ti succedesse qualcosa, morirei. Puoi starne certo.

"Niente di tutto questo. Tra pochi giorni saremo di nuovo insieme. Dai, non piangere più. Dammi un bacio e... "auf wieder sehen."

Camminarono verso l'ingresso della città tenendosi per la vita. Katia si voltò verso il granatiere.

"'Auf wieder sehen'" disse in tedesco. E corse a casa senza voltare la testa. Rudi rimase per qualche istante assorto e poi si avviò di nuovo verso la caserma, non senza prendere prima alcune precauzioni.

L'ora della partenza si stava avvicinando. Alcuni soldati appartenenti ad altre unità erano venuti a salutare i granatieri e fuori dalla porta dell'alloggio regnava un'animazione insolita.

La notte si stava avvicinando. Un collega motociclista ha attraversato la strada mentre si dirigeva verso il fronte. Poco dopo, all'estremità opposta del paese, sono comparsi diversi camion, e mentre i mezzi facevano rifornimento di benzina, i soldati che vi viaggiavano sono scesi per sgranchirsi un po' le gambe. Rudi pensò con disgusto ai complimenti che Katia avrebbe sentito durante la sua assenza. Digrignò i denti.

Alle sette e mezza in punto apparve il tenente Wahrenfels. Aveva sostituito il cappello con il casco e indossava un completo da campo. Pistola alla cintura, munizioni in abbondanza, binocolo, borraccia e borsa con le vettovaglie. La stella d'argento a quattro punte luccicava sulle sue spalline. I granatieri si formarono rapidamente e una voce del "feldwebel" si mise sull'attenti.

"Tutto in ordine? Chiese il tenente.

"Tutto in ordine" rispose brevemente il "feldwebel".

Il tenente ha dato al gruppo una panoramica. Il camion stava aspettando nelle vicinanze. Fece un segno e la pattuglia si voltò verso di lui. Il feldwebel, il caporale ei nove granatieri si arrampicarono uno dopo l'altro, riponendo le loro cariche esplosive in un luogo sicuro. Il tenente si sedette nella cabina accanto all'autista.

"Vai avanti!" grido.

Il veicolo partì con il forte rombo del suo potente motore. Sotto il telo di copertura, Rudi scrutò la strada. All'uscita del paese, una figura femminile, quasi nascosta tra gli alberi, è rimasta immobile, osservando il passaggio del camion. Rudi le mandò un bacio con la mano, e lei rispose allo stesso modo, borbottando:

"Ciao, Rudi...! Ci vediamo in giro!

Il camion accelera. La figura si rimpicciolì fino a scomparire nell'ombra. Rudi accese una sigaretta, mi allungò le gambe e si mise il più comodo possibile per il breve viaggio.

CAPITOLO XIII

Il passaggio delle linee nemiche avvenne nel mezzo di un'oscurità quasi assoluta e senza difficoltà. I dodici uomini scivolarono come ombre spettrali sui sacchi di sabbia, uno dopo l'altro, senza far rumore, con lo sguardo fisso davanti a sé. Il tenente marciava in testa e copriva la retroguardia, il "feldwebel" con la mitragliatrice armata. Gli altri avevano sistemato i loro caricatori mentre uscivano dalle proprie trincee e portavano una pompa a mano con la corda libera in modo che potesse essere usata il più rapidamente possibile, in qualsiasi momento.

Nessuno nascondeva che il rischio dell'operazione era tremendo e la responsabilità molto grande. Tuttavia, erano già abituati al compito e agivano con straordinaria compostezza, senza perdere i nervi o preoccuparsi inutilmente.

Le trincee russe di prima linea venivano lasciate indietro. Le precauzioni sono raddoppiate. Alcune trincee secondarie dovevano essere sgomberate e da un momento all'altro correvano il rischio di imbattersi in una pattuglia o di colpire improvvisamente il posto di comando di una compagnia, un deposito di rifornimenti o un magazzino di furiere, le cui sentinelle vegliavano la notte, attente a tutti. le voci.

Il tenente Wahrenfels portava nel portafoglio trasparente che gli pendeva dalla vita, una mappa molto dettagliata del settore, in cui i possibili luoghi in cui la sorveglianza era speciale erano stati segnati con la matita rossa, secondo i dati forniti dai prigionieri catturati pochi giorni prima . Era necessario fare lunghe deviazioni e non perdere mai il senso dell'orientamento. Ogni tanto, al suo gesto, si fermavano tutti, e poi, tirando fuori dalla tasca superiore del suo guerriero il piccolo compasso luminoso di precisione, procedeva a consultarlo con attenzione.

Egli, come il feldwebel e il caporale, avevano appeso ai loro finimenti una lanterna di forma quadrata, con un congegno mediante il quale il colore della luce si cambiava facilmente, e che in certe circostanze poteva rendere preziosi servigi.

Hanno continuato la loro marcia trascinandoti. Sono suonate alcune voci. In lontananza si poteva distinguere il bagliore opaco di alcuni fari di veicoli sulle strade vicine alla parte anteriore. La città di Leningrado era alla sua sinistra. Davanti avevano Kolpino, con le sue fabbriche smantellate dai bombardamenti, e più lontano, a destra, Tosna, un nucleo importante, sulla statale Leningrado-Novgorod.

Bert, Alf e Rudi camminavano uno dietro l'altro, con i sensi acuti e il dito sul grilletto della pistola. Alcuni razzi si librarono in aria, illuminando brevemente l'ambiente circostante. I granatieri rimasero immobili, aspettando che il bagliore svanisse, poi continuarono la loro lenta, stanca marcia. All'orizzonte, le mitragliatrici antiaeree sparavano verso il cielo le loro scie di proiettili traccianti. L'artiglieria ha sparato sulla retroguardia russa, alla ricerca delle batterie appena installate, che non davano segni di vita. Sopra le nuvole si sentiva il rumore degli aerei che volavano molto in alto.

Improvvisamente, il tenente si fermò, rimanendo completamente immobile, incollato al suolo. Gli altri hanno seguito l'esempio.

"Cosa accadrà? Bert mormorò.

"Lo sapremo subito", rispose Alf. Quando il tenente si ferma è perché ha visto qualcosa di importante.

Un gruppo di tre russi avanzò nell'oscurità. I suoi stivali emettevano un suono sordo sul terreno duro.

"Silenzio" sussurrò il tenente.

I russi erano già molto vicini. Stavano avanzando lungo un sentiero che correva a pochi metri dal luogo dove si trovavano gli uomini della pattuglia. Uno di loro si fermò improvvisamente e ascoltò. Senza dubbio aveva percepito qualcosa di sospetto. Rudi era a pochissima distanza da lui. Alla sua destra sorgeva una specie di capanna. Si alzò lentamente in piedi, nascosto contro una delle pareti. I suoi compagni lo guardavano sbalorditi. Che cosa avrebbe fatto quel pazzo? Tutti misero la mano destra sull'elsa del machete. Non c'era dubbio che il russo avesse notato la presenza di esseri umani vicino al capanno. I momenti sono stati di tensione insostenibile. Lanciarsi sul russo e sui suoi due compagni equivaleva a provocare una rissa capace di scoprirli in pochi secondi se solo qualche altro soldato si fosse trovato nelle vicinanze. Tuttavia, non c'era scelta.

Pojalui poidiate doid.

Il russo si fermò. Respirava rumorosamente.

"Vozmiome zontik" rispose ridendo. Dobrai notchi.

E se ne andò con i suoi due compagni. Il tenente tirò un profondo sospiro di sollievo, seguito dagli altri. Quando furono lontani dal luogo pericoloso, si fermò di qualche metro per stringere la mano a Rudi.

"Bel lavoro, ragazzo" gli disse brevemente, tornando al capo della colonna.

Avevano raggiunto una strada in pessime condizioni, che si perdeva in lontananza, inghiottita dall'oscurità. In lontananza alcune luci brillavano da alcune baracche. Il tenente ordinò loro di proseguire lungo la riva, lontano dal fosso per una decina di metri. Questa strada conduceva alla strada principale, che si dirigeva a nord verso la ferrovia.

"Siamo sulla strada giusta", disse alla fine. Se non inciampiamo, raggiungeremo il nostro obiettivo domani.

«Dobbiamo attraversare un ponte sulla Neva, mio tenente. Sarà uno dei momenti più pericolosi, perché non c'è dubbio che i russi avranno delle sentinelle all'ingresso e all'uscita della stessa.

"Vedremo come possiamo risolverlo. È meglio agire sempre secondo le circostanze consigliate. I piani concepiti in anticipo non servono.

La pattuglia camminava con un po' più di sollievo. Il terreno pianeggiante rendeva facile camminare e si trattava di tenere gli occhi aperti per non essere sorpresi da un veicolo in avvicinamento o da una pattuglia sulla strada. Il "feldwebel" girava costantemente, adempiendo alla sua missione di proteggere la parte posteriore.

Le voci dal fronte si stavano lasciando alle spalle e una grande calma avvolgeva l'atmosfera. Eppure dietro quell'apparente senso di sollievo si celava il pericolo sempre costante di essere scoperto da qualche imprevista sentinella. Davanti ai suoi occhi apparve un gruppetto di "isbe", situate ai due lati della strada. Il tenente consultò la sua mappa.

"Loditzi" mormorò.

Hanno fatto una deviazione per evitare le case. In uno di essi, un gruppo di russi ha cantato ad alta voce. Davanti alla porta erano visibili diversi camion. Quando i granatieri erano già a pochi metri di distanza, uno dei camion si è messo in moto. I fari si accesero all'improvviso e un raggio di luce giallastra passò davanti al tenente, che ebbe appena il tempo di abbassarsi prima di essere scoperto. Una voce ha rimproverato aspramente lo spericolato guidatore, che si è affrettato a spegnere i fari e a sostituirli con quelli di sicurezza, che illuminavano solo il terreno a pochi metri dal motore.

«La follia di quell'individuo ci è quasi costata cara», mormorò il tenente Wahrenfels.

"Ma mi ha dato un'idea" aggiunse Rudi avvicinandosi. Perché non tiriamo fuori uno di quei camion e così possiamo andare avanti un po' più riposati?

Il tenente rifletté profondamente per un momento.

"Magnifico!" esclamò infine." Ma prima di andare a ispezionare cosa succede in casa.

Uno dei granatieri si avvicinò con cautela. In cinque minuti era di ritorno.

"La maggior parte di loro sono ubriachi e molti dormono sul pavimento", ha detto.

Il gruppo si è avvicinato ai veicoli, e mentre due granatieri hanno puntato i loro "mitragliatori" alla porta, gli altri sono saliti su uno di essi. Bert ha preso il volante.

"Pronto? "Quelli affissi davanti casa sono usciti per ultimi.

Il camion è partito con uno strattone. All'interno dell'"isba" il clamore continuava.

"Meglio raggiungere il camion davanti. Dovunque loro passino, noi passeremo" disse il tenente.

Bert diede gas. In poco tempo, una luce rossa apparve davanti a lui.

"Stagli vicino", ha dichiarato Wahrenfels. E il veicolo ha seguito le orme del suo predecessore, il cui guidatore non sembrava ancora esente dai vapori dell'alcol ingerito poco prima.

CAPITOLO XIV

"Manca pochissimo all'alba" disse il tenente. Se arrivassimo al ponte abbastanza presto, potremmo far passare il camion meglio che a piedi.

"Quelli là" rispose Bert, indicando con il mento in avanti "sono convinti che siamo suoi compagni che hanno deciso all'ultimo momento di lasciare l'"isba" e continuare la marcia.

"Fidiamoci della nostra buona stella" disse il tenente.

Il possente Neva, un fiume che attraversa da parte a parte la città di Leningrado, sfociando nel Golfo di Finlandia, non era più molto lontano. Attraversarlo è stata la prima fase dell'operazione. D'altra parte sarebbe più facile operare, perché ci sono meno precauzioni militari a causa della notevole distanza dalla linea del fronte.

La marcia è continuata per un'ora. La frescura del possente flusso d'acqua era percepibile nell'aria.

"Il ponte! Esclamò improvvisamente Bert, indicando un'ombra confusa che si levava davanti a loro.

Il capo pattuglia sollevò il sipario sul retro e avvertì i ragazzi:

"Tutti calmi e silenziosi, come se stessi dormendo. Rudi, vai nella cabina.

Il veicolo rallentò un attimo e Rudi si sedette a destra del finestrino. Sono rimasti incollati al camion anteriore. All'ingresso del ponte una voce esclamò:

"Stoi!.

Il primo veicolo ha rallentato e il suo conducente ha messo la testa fuori dal finestrino.

"Stiamo tornando dal trasporto di munizioni al fronte" disse alla sentinella. Alcuni camion hanno pernottato a Loditzi.

Rudi, che si era tolto il casco, abbassò il vetro del finestrino e aggiunse:

"Vai! Sbrigati, non vediamo l'ora di tornare a casa!

"Bene. Vai avanti" disse il russo.

E i due camion lo superarono, lentamente. Rudi ebbe ancora un secondo da dire alla sentinella mentre alzava di nuovo il bicchiere:

"Dobroi notchi, tovarich.

Il tenente sorrise, borbottando:

"La cosa sta andando. Ora arriva una regione molto piatta e spopolata. Continueremo nel veicolo fino all'avvicinarsi del giorno, e poi lo lasceremo in un posto che non destare sospetti.

"Che peccato!" esclamò Rudi. L'alba era vicina. Quando raggiunsero una curva della strada, videro un villaggio.

"Se quello davanti continua, resteremo all'uscita. In questo modo penseranno che ci siamo fermati a riposare un po'.

Lo hanno fatto, lasciando il veicolo separato tra due case. Scesero con la massima furtività e si perdevano nelle ombre ancora fitte della notte.

La ferrovia era ormai vicina. Non appena la luce del mattino rese impossibile camminare all'aperto, cercarono un rifugio in cui prendersi un meritato riposo. Nelle vicinanze videro alcuni tuguri abbandonati, davanti ai quali c'erano grandi mucchi di paglia annerita. Andarono da loro e si nascosero nel miglior modo possibile tra la paglia e le squallide mura. Il tenente chiamava il suo "feldwebel".

"Distribuisci le guardie e lascia dormire tutti.

Si raggrupparono occupando il minor spazio possibile e il primo fornitore fece da sentinella, osservando con cautela l'ambiente circostante. Sarebbero stati sollevati ogni ora. Gli altri hanno cercato di sistemarsi nella paglia. Hanno dissotterrato le loro provviste e hanno mangiato un boccone. Poi ognuno si sdraia nella posizione più comoda.

A mezzogiorno un forte rumore li svegliò. Il tenente rimase leggermente allarmato. Tutti fissavano la strada. A circa tre miglia di distanza una carovana di camion si era appena fermata ei suoi occupanti si stavano rapidamente sparpagliando per il campo. Una squadra di "Messerchmidts" ha attaccato i camion con le loro mitragliatrici.

"Nessuno si muova da casa tua!" ordinò il tenente, tra il frastuono prodotto dal fracasso delle macchine e dal ronzio dei motori.

Gli aerei fecero diversi passaggi, veloci come fulmini, sputando fuoco e abbattendo ogni cosa sul loro cammino. Gli occupanti dei camion sono fuggiti terrorizzati. Alcuni di loro si rifugiarono in buche situate a poca distanza dal luogo occupato dai granatieri. Guardavano con entusiasmo il loro lavoro, ma senza perdere di vista i russi, contro i quali puntavano le armi.

"Finché non pensano a mitragliare le case, credendo che ci siano truppe in loro", ha detto Bert.

"Faremmo un buon affare," dichiarò Alf, fissando in aria.

Gli aerei finalmente si allontanarono, perdendosi all'orizzonte.

"Quei maldestri ci hanno quasi ammazzati" disse il caporale, osservando le scie prodotte dai proiettili a brevissima distanza dal suo rifugio.

I camion russi sono ripartiti. Due di loro sono rimasti per strada e un buon numero di feriti è stato raccolto e trasportato su uno dei veicoli.

"Sembra che abbiano avuto una mira" ha commentato il tenente.

"Tutto quello che vuoi. Ma ti immagini il risultato di una bella carica di dinamite piazzata proprio nel mezzo della formazione? Chiese Rudi, poco disposto ad ammettere l'efficacia di quella procedura.

Da quel momento nessuno dormì più. Fu mangiato brevemente e il tenente Wahrenfels procedette a dare alcune istruzioni, poiché il piazzamento della prima carica sarebbe avvenuto quella notte.

Partirono all'imbrunire. La ferrovia distava appena due chilometri. Sono venuti strisciando attraverso il terreno accidentato. Il pendio si alzava scuro e minaccioso. I treni viaggiavano molto distanziati. Il caporale montò il suo mitra, ei due servi presero posizione su entrambi i lati, scatole pronte. Due granatieri avanzarono con cariche esplosive dotate di spolette ritardate. Il suo funzionamento era stato calcolato per due ore dopo, lasciando il tempo per posizionare gli altri. Tutti e tre sarebbero esplosi all'incirca nello stesso momento, distruggendo diversi chilometri di binari, in modo così completo che la loro riparazione sarebbe stata quasi impossibile nel breve lasso di tempo rimasto all'inizio dell'inverno.

Le cariche erano perfettamente nascoste con pietre e terra. La pattuglia seguì la pista, camminando su entrambi i lati, vigile e con gli occhi acuti. Il secondo carico è stato posizionato. La strada curvava in quel luogo. Stavano per piazzare il terzo quando il tenente fermò i suoi ragazzi. In lontananza era visibile un ponte di ferro. Il tenente lo fissò con occhi scintillanti.

"Alto! "Ordinato." Riserveremo la terza e la quarta carica per qualcosa di meglio. Vedete il ponte? Se lo affondiamo, le possibilità di circolazione in questo modo saranno completamente eliminate in diversi mesi.

Ma devi sbrigarti, mio tenente. Gli altri due carichi sono già in funzione" indicava il "feldwebel-bel "". Non possiamo perdere un secondo, e molto probabilmente ci sono sentinelle all'ingresso e all'uscita.

"E per cosa siamo qui? disse Rudi indicando se stesso ei suoi due compagni.

"Avanti, ragazzi", ordinò il tenente.

Rudi, Alf e Bert strisciavano come rettili, brandendo i loro machete. La prima sentinella era perfettamente distinguibile, avvolta nel suo mantello. I tre granatieri scesero lungo il pendio fin quasi a toccare il bordo dell'acqua. La massa d'acciaio torreggiava sopra le loro teste nella sua struttura contorta. Si arrampicarono lungo le travi metalliche. Il rumore dell'acqua eliminò i suoi passi. La prima sentinella cadde con un preciso colpo di machete. Il secondo ebbe un momento di allarme, ma prima che potesse gridare una mano gli afferrò la gola e Bert lo fece cadere con la sua zappa. Tornarono per informare il resto della pattuglia che la strada era libera.

Quattro granatieri procedettero a piazzare le cariche sui punti deboli del ponte, mentre gli altri stavano di guardia. Il compito ha richiesto più tempo del previsto a causa di quanto fosse difficile da svolgere, a causa dell'oscurità prevalente. Il tenente consultò l'orologio. Passò poco tempo prima che esplodessero la prima e la seconda carica. E prima che ciò accadesse, aveva bisogno di avere gli altri a posto e di allontanarsi abbastanza da essere al sicuro. I ragazzi lavoravano febbrilmente, fissando i candelotti di dinamite con del filo metallico. Improvvisamente il feldwebel si irrigidì, ascoltò attentamente e, accucciato, appoggiò un orecchio alla ringhiera.

"Un treno sta arrivando! "Ha annunciato, incapace di contenere un leggero nervosismo.

"Devi fare in fretta! Ordinò il tenente.

CAPITOLO XV

Alla fine i granatieri tornarono uno dopo l'altro. Le accuse sono state fissate, quasi a zero. Il momento dell'esplosione si stava avvicinando.

"Alla corsa! "Ordinò il capo della pattuglia.

Corsero giù per il pendio, mancando sulle rocce e affondando gli stivali nel fango, che schizzava intorno a loro, schizzando loro la faccia.

Il treno si stava avvicinando. Hanno corso per più di un chilometro. Alla fine, a un segnale del tenente, caddero a terra boccheggiando. Si ripararono dietro un'altura del terreno e aspettarono con i nervi sul punto di esplodere. Mancavano pochi minuti all'esplosione delle cariche. Il convoglio era composto da un buon numero di carri.

«E se avessero delle munizioni, mio tenente? "Chiedo a Rudi." Che fuochi d'artificio!

"In questo caso, il nostro compito sarebbe completo. Ma saremo così fortunati?

"In brevissimo tempo lo sapremo", ha detto il 'feldwebel'. Se solo le accuse non venissero a mancare!

Il silenzio era completo. La locomotiva aveva già superato il sito della prima miniera ed era molto vicina alla seconda. Ci è passato anche sopra. Stava per entrare nel ponte. Il fumo nero del suo camino si stagliava contro l'oscurità del cielo. All'improvviso un'orribile detonazione scosse l'atmosfera. Un bagliore abbagliante illuminò tutto. Pezzi di rotaia ed enormi massi furono sparsi nell'aria in una nuvola di fumo molto nero, e quando iniziarono a sbattere a terra, la seconda mina esplose, catturando l'ultimo dei vagoni in pieno. Nello stesso istante, la locomotiva si impennò come sollevata da una mano gigantesca, si girò su se stessa e crollò su un fianco in mezzo a un rombo indescrivibile, mentre il ponte sprofondava, con i sostegni rotti dalla dinamite, tra un ammasso di travi contorte e cemento, tra scricchiolii prepotenti. Una delle carrozze anteriori volò con un sordo schianto, contribuendo alla distruzione totale. L'opera si può considerare perfetta. Il tenente ei suoi ragazzi assistettero allo spettacolo con i pugni chiusi e gli occhi fiammeggianti.

Grandi fiamme si sono alzate dal luogo dell'incidente. Le auto bruciavano con un odore pungente.

"Non perdiamo tempo" ha detto il capo della pattuglia. Devi uscire di qui il prima possibile. Vuoi che ci sorprendiamo contemplando la nostra impresa?

Il gruppo si è mobilitato. Dovevi allontanarti a marce forzate per evitare di essere catturato dai russi. Alcuni riflettori avevano cominciato ad accendersi e si udiva il rombo lontano dei veicoli.

"Per ora pensano che fosse l'aviazione", ha detto Bert. Ma non ci vorrà molto prima che scoprano la verità. Quando succederà, sarà meglio che stiamo lontani da qui.

Corsero per il paese senza fermarsi un attimo, posseduti dal desiderio di mettere più spazio possibile tra loro e la catastrofe.

Improvvisamente, il tenente Wahrenfels, che era in testa, smise di fare gesti frenetici. Tutti hanno rallentato. Davanti a loro, abbastanza lontano, le pattuglie si avvicinavano a passo spedito. I granatieri erano raggruppati in una piccola conca, mentre i russi passavano da entrambe le parti pronunciando denunce. Quando raggiunsero la strada, si tuffarono nel fosso. Stavano arrivando due camion e alcune ambulanze.

«Tra pochi minuti la notizia si sarà diffusa in questo settore», disse il tenente. La fuga sarà difficile, ragazzi. Sarà necessario raccogliere coraggio e sangue freddo. Seguiamo la strada, tenendone sempre le distanze.

"La cosa peggiore sarà attraversare il fiume" disse Rudi. Come non nuotiamo...!

"Dovremmo fare un bel bagno", aggiunse Alf, "dopo quello che abbiamo sudato correndo.

A destra, le batterie russe da 15,5 avevano iniziato a sparare. I lampi si susseguivano ritmicamente e si percepiva il sibilo dei proiettili nel loro cammino verso le trincee tedesche.

"Perché non voliamo anche noi, mio tenente? Chiese Rudi.

"Smettila di scherzare e non perdere di vista il terreno su cui ti trovi! Quello lo ammonì.

Avanzarono a passo spedito. Il tenente si è orientato. Il fiume non era lontano. C'era una certa frescura nell'aria.

"Non pensare nemmeno ad attraversare il ponte", disse il capo della pattuglia. Avranno raddoppiato la loro vigilanza.

"Quanto ci siamo divertiti all'uscita! esclamò Alf.

"Come sarebbero grati i miei piedi di trovare un buon camion! Mormorò un granatiere.

"Ci riposeremo dall'altra parte.

Cominciava la salita. In poco tempo percepirono lo splendore dell'acqua. Il grosso del ponte si elevava a breve distanza. Un gruppo di soldati presidiava l'ingresso. Si discuteva della possibilità di eliminarli con una buona raffica di mitra e tralasciando tutto, ma il tenente era dell'opinione di continuare a mantenere la prudenza. La cosa migliore era esplorare le coste. Forse c'era un modo per attraversare il fiume senza che i russi se ne accorgessero. In questo caso, terrebbero una vigilanza attiva, credendo loro dall'altra parte e il loro ritiro sarebbe più facile.

Si nascosero tra le erbe. Il "feldwebel" inviò tre granatieri a sorvegliare i dintorni. I ragazzi se ne andarono in silenzio. Poco dopo erano tornati a tutto gas.

"C'è una barca a poca distanza da qui", hanno riferito.

"Possiamo andare tutti bene? Chiese il tenente.

"Ne dubito. E ancora di più portare le armi e le due scatole di munizioni" è stata la risposta del granatiere.

"In questo caso attraverseremo due fasi.

Il tenente, il caporale e cinque soldati salirono sulla debole barca, che ondeggiò pericolosamente e per poco non si capovolse. Alf, Bert, Rudi, altri due granatieri e il "feldwebel" aspettavano il loro turno sulla riva. I minuti passavano lenti, mentre la barca si allontanava a tutta velocità, spinta dai remi. Gli ci volle più di mezz'ora per tornare. I sei granatieri si arrampicarono con grande cautela sulla barca leggera, sovraccaricata. Avevano appena cominciato a remare quando dalla riva risuonarono delle grida.

"Devi fare in fretta! "Detto Rudi." Mi sembra che siamo stati scoperti.

I remi si tuffarono in fretta nell'acqua e la barca si mosse più veloce.

"Faremmo meglio a seguire un po' il flusso per buttarli a terra", consigliò Alf.

La barca avanzò su una ripida diagonale. I razzi lampeggiarono sulla riva e i proiettili iniziarono a fischiare.

"Se riuscissimo a rimanere nella stessa direzione, saremmo già liquidati" disse un granatiere, osservando i piccoli getti che sollevavano i proiettili.

Remavano con rinnovato vigore. La riva era già vicina. Attraccarono a valle da dove si trovava la prima metà della pattuglia. Il tenente era francamente preoccupato. Alla fine, uno dei ragazzi annunciò:

"Arrivano!

I due gruppi si sono incontrati.

"Le cose si stanno mettendo male, tenente" disse Rudi asciugandosi la fronte con il fazzoletto. Quei proiettili non sono di buon auspicio.

"Le prospettive sono peggiorate, in effetti" concorda il tenente, "ma non è senza speranza. La cosa peggiore è che il giorno si avvicina. Dovremo avanzare attraverso il Paese senza preoccuparci della chiarezza. Nel caso ci togliessimo casco e indossarlo appeso alla nostra cintura.

Continuarono a camminare, in gruppo ristretto. La chiarezza cresceva ogni momento. Il tenente non voleva fermarsi a riposare finché la distanza tra loro e il fiume non aumentava il più possibile. Infine, a mezzogiorno diede il segnale di stop. A poca distanza sono state osservate alcune "isbe". Il tenente li osservò con i suoi gemelli da campo:

"Sono occupati dai soldati", ha detto. Dovremo fare una deviazione.

"Altre deviazioni? si lamentò Rudi.

"Attento! Corpo a terra! "Ordinò il" feldwebel. "

Una squadra di cavalieri galoppava attraverso la pianura. Si vedevano i loro berretti di pelle e i fucili che portavano sulle spalle.

"Se hanno lanciato pattuglie in tutta la contea, vedo qualcosa di difficile da uscire da questa trappola", ha detto Bert.

"Non c'è niente di difficile per la pattuglia di Wahrenfels", ha detto Rudi. Incidi questo nella tua memoria: dobbiamo tornare indietro, hai sentito ...? E torneremo.

CAPITOLO XVI

Fecero una lunga deviazione per evitare le "isbe" e furono lasciati indietro dopo una lunga camminata. Si stavano dirigendo verso un terreno paludoso. Ovunque cresceva erba alta e l'aria era fetida e fetida.

"Buon posto per un'imboscata" disse un granatiere.

"Da loro a noi... o viceversa? chiese Rudi.

"Non credo che abbiamo tempo per prepararlo" intervenne il tenente. Apri bene gli occhi e senza distrazioni. Non mi piace per niente questo terreno.

Stavano seguendo un percorso appena percettibile. A destra ea sinistra, la terra molle sprofondava sotto i suoi piedi. Improvvisamente, il tenente, che stava marciando in testa, si fermò, agitando la mano. Il feldwebel si avvicinò. Davanti a loro era accampata una pattuglia, a riposo. Ci sarebbero una ventina di uomini, dall'aspetto feroce e feroce, con la testa coperta da un alto berretto di pelliccia.

"Cosacchi" disse il "feldwebel" a bassa voce.

"Non possiamo cambiare strada o fare una deviazione" ha dichiarato il tenente, dopo alcuni momenti di riflessione. D'altra parte, tornare indietro è impossibile. Sei determinato?

I granatieri annuirono. Rudi accarezzò il suo machete. Alf e Bert impugnavano due pompe a mano. Gli altri, schierarono il gruppo con i loro "mitragliatori".

"Rumore o non rumore? chiese Rudi.

Il "feldwebel" ora puntava in avanti. Sulla strada vicina si vedeva un camion fermo.

"Vai per loro e per il camion! "Era l'ordine conciso del tenente Wahrenfels." Tutto dipende dal cadere di sorpresa sul gruppo.

A un segnale del loro comandante, i granatieri attaccarono come un solo uomo, sparando con i loro "mitragliatori". Caddero due russi. Gli altri riuscirono a radunarsi e, formando un nucleo serrato, si diedero a una disperata difesa. I granatieri imbracciarono i loro machete. Non c'era altra scelta che vincere o morire. La lotta iniziò ferocemente da entrambe le parti, tra denunce ed esclamazioni di furore. Rudi ruggì, stringendo il collo dell'avversario fino a fargli male alle nocche. Il russo tentò di inciamparlo, ma lui lo evitò agilmente e, tendendo i potenti muscoli delle braccia, lo scaraventò a terra. Il suo machete si alzò due volte in aria, macchiato di sangue. Gli altri granatieri combatterono come leoni.

"Non lasciare che nessuno di loro scappi! urlò il tenente, in mezzo al caos che regnava. Colpi e machete echeggiarono di tragici mormorii. Uno dei russi aveva preso il suo fucile. Bert si precipitò su di lui e, strappandolo via, gli assestò un tremendo colpo alla testa. Il cosacco emise un basso gemito mentre crollava. Scattò una breve raffica. Alf aveva appena eliminato tre avversari che erano entrati a tiro. Il feldwebel sparava metodicamente con la sua pistola, senza perdere un solo proiettile, come se fosse in una gara.

Solo quattro russi hanno opposto resistenza, ma è stata di breve durata. Venti cadaveri erano sparsi per terra. Alcuni dei granatieri furono feriti, anche se fortunatamente solo leggermente. Non c'era un minuto da perdere.

"Al camion! Ordinò il tenente.

Bert si buttò al volante, Rudi gli saltò accanto, puntando il suo "mitragliatore" fuori dal finestrino. Il tenente fece lo stesso, con la pistola armata. I granatieri si erano precipitati nelle retrovie. Il caporale Schäfer ha posizionato la sua mitragliatrice sulla cabina di pilotaggio e ha attaccato un nastro adesivo.

Il camion si è avviato e in pochi secondi era a rotta di collo. Superarono un gruppo di case. Guardandosi indietro, Alf vide alcune persone che uscivano dai cancelli, guardando con stupore il veicolo rampante. La salvezza della pattuglia dipendeva dal fatto che il motore non si guastasse o rimanesse senza carburante.

Dopo una corsa in strada, che Bert ha preso incautamente, sollevando una nuvola di polvere e facendo cigolare le ruote, all'improvviso è apparso un folto gruppo di soldati, forse una compagnia, bloccandolo completamente, Bert ha premuto sull'acceleratore. Un ufficiale ha dato alcuni ordini frettolosi. Il caporale premette il grilletto. La macchina sferragliava dalla sua posizione precaria e uno spruzzo di proiettili ha seminato morte e panico nei ranghi dei russi, aprendo un varco attraverso il quale il veicolo è passato attraverso. Risposero due mitragliatrici, ma i proiettili non provocarono alcun danno.

"Questo sta funzionando prima! urlò Rudi eccitato.

Il tenente guardava dritto davanti a sé, accigliato. Non gli era nascosto che i pericoli stavano diventando quasi insormontabili. La notizia che una pattuglia di esplorazione tedesca aveva appena fatto saltare in aria il ponte e la ferrovia sarebbe già circolata a macchia d'olio. Tutti i posti sarebbero stati avvertiti e l'attraversamento delle linee russe finirebbe per diventare una compagnia di titani.

All'improvviso apparvero le prime case di una città. Il tenente studiò la mappa.

"Lodizzi" disse. Non ricordi?

"Penso di sì!" esclamò Bert." Ci fermiamo a bere qualcosa?

«Sarà necessario abbandonare questo camion non appena saremo a cinque o sei chilometri dalla città», annunciò il tenente.

"Un peccato!" si lamentò Rudi." Con quanto mi è piaciuta questa gara!

Dopo le ultime case, Bert rallentò lentamente. Il serbatoio del gas era quasi vuoto ora. Una nuvola di fumo si levò dal radiatore. Ha spinto il camion in alcuni cespugli e i granatieri sono saltati a terra.

"Uff! "Alf rimase senza fiato." Preferisco trattare con i russi che con questo diabolico Bert.

Tutti approfittarono della breve tregua per bere qualcosa dalla loro borraccia. La sete bruciava le loro gole per la polvere inghiottita durante la frenesia del volo.

"D'ora in poi continueremo con le massime precauzioni" ha detto il tenente. Le linee sono vicine, e in esse il nemico avrà stabilito la massima vigilanza. Ci nasconderemo fino al tramonto e intraprenderemo l'ultima tappa della nostra missione.

Si nascondevano tra alcune fessure del terreno e mentre due granatieri osservavano, gli altri cercavano di evitare un breve sonno. Nel tardo pomeriggio il tenente ha proceduto all'ispezione delle armi e dei rifornimenti. Avevano ancora abbastanza munizioni, i razzi erano intatti e trasportavano ancora la loro scorta di bombe. I granatieri feriti erano stati fasciati con le loro bende da campo e potevano resistere fino alla fine. Il tenente raccomandava di raccogliere le forze per lo sforzo decisivo, di non farsi prendere dai nervi e di mantenere sempre la massima serenità e cautela.

Mangiarono i resti delle loro provviste e versarono la "vodka" avanzata nelle loro borracce per smaltire le bottiglie.

Alle otto il tenente Wahrenfels diede l'ordine di marciare. Gli stanchi granatieri cercarono di non deludere le loro forze. Da questo dipendeva il successo finale della sua missione. Era necessario mantenere le energie fino al momento in cui attraversavano di nuovo i propri confini. L'avanzata iniziò senza precipitazioni. In lontananza si percepiva il bagliore dei razzi e il rumore ovattato degli spari raggiungeva le sue orecchie. Il tenente marciava avanti con la bussola in mano, sereno e impassibile.

Si trovavano nel pericolosissimo settore di retroguardia, a ridosso della prima linea, dove si stabiliscono i servizi e dove in ogni momento si può imbattersi in sentinelle o pattuglie.

Il tenente si fermò. Gli altri si unirono a lui. Agitò la mano in avanti. "Questo è l'indirizzo," mormorò. La vista sul davanti... e qualunque cosa serva, la devi attraversare.

CAPITOLO XVII

Rudi si avvicinò al tenente con un fagotto in mano. Era un mantello russo che aveva trovato abbandonato vicino a una baracca.

"Forse può aiutarci" sussurrò.

Le sentinelle erano sempre più numerose. Le loro sagome sono state percepite in alcuni punti e ovunque le voci chiedevano la password.

La pattuglia si fermò al riparo di alcune case, e Rudi tese le orecchie, cercando di distinguere la preziosa parola che in un dato momento poteva significare che si apriva davanti a loro la porta della loro desiderata libertà. Due soldati sono passati a brevissima distanza. Uno di loro stava parlando. Rudi ha prestato attenzione.

"Come è "...? O si! Bostok Zapade. Ho dimenticato.

"Bene. L'ho già preso" borbottò Rudi, una volta passati.

Le trincee erano già vicine. La sparatoria sembrava vicina e si percepivano i razzi salire dall'altra parte.

Seguirono un fosso di evacuazione, con i "mitragliatori" pronti. Andavano in fila indiana, un po' distanziati. Il fossato era molto poco profondo ea un certo punto potevano saltare fuori per mettersi in salvo. Due sentinelle delineavano la sua sagoma a distanza ravvicinata. Appena oltre c'era la trincea principale e dietro di essa, la terra di nessuno.

"Se finiamo con quelli possiamo considerare la partita vinta" mormorò il tenente.

Rudi indossò il mantello. Avanzò in direzione di uno di loro.

"Alto! Chi va La password!

"Bostok Zapade" rispose Rudi avvicinandosi. Una volta davanti alla sentinella, gli puntò la pistola alla pancia mentre aggiungeva ". Di' all'altro di avvicinarsi.

Il russo terrorizzato obbedì. Il suo compagno avanzò verso di loro. Rudi fece un balzo indietro e coprendoli con il suo "mitragliatore" fece un cenno ai compagni. Bert e Alf sono arrivati in fretta. Ci furono due tonfi. Gli altri granatieri avevano iniziato a lavorare sulla recinzione, liberando un percorso. Una volta praticabile, l'intero gruppo scivolò dall'altra parte. Il tenente fece un respiro profondo. Tuttavia, non era saggio essere troppo sicuri di sé. Potresti persino imbatterti in una pattuglia di ricognizione nemica o esporti ai proiettili delle tue mitragliatrici. Si accucciarono in avanti. Il tenente si è ripreso. La posizione da cui erano partiti era un po' a destra. Era meglio non restare più a lungo in quel terreno pericoloso.

"Si faccia avanti" indicò al "feldwebel". Chiamò il granatiere più vicino, che avanzò con grande cautela. Si udì una voce un po' lontana gridare:

"Alto! La parola d'ordine!

Il granatiere tornò. La pattuglia si è messa in moto. Non c'era nessun gradino sulla staccionata e dovettero scivolare fino a quello più vicino. Al momento di saltare in trincea Rudi esclamò:

"Questa volta pensavo davvero che non lo stessimo contando!

"Che pessimista! "Rispose Bert." Beh, ero sicuro di tornare. Abbiamo mai fallito?

"Silenzio! "Ordinò il tenente." Che non siamo ancora a casa.

Contemplò il suo gruppo con orgoglio, un'altra missione era compiuta. E questa volta, il compito era stato degno di loro. I suoi colleghi di tutto il settore e l'Alto Comando potevano attendere con calma il momento epocale in cui sarebbe iniziata l'offensiva che avrebbe distrutto le ultime difese della città assediata. La ferrovia che forniva munizioni e rifornimenti a quella non sarebbe tornata a circolare. L'unico ramo che collegava la popolosa città al mondo esterno aveva cessato di esistere.

"Andate, ragazzi. E questa volta ci meritiamo un buon riposo.

"Se ce lo fanno godere..." commentò sarcastico Rudi.

Il tenente Wahrenfels intervistò brevemente il capitano della compagnia che copriva quel settore dal fronte, dandogli la notizia del suo ritorno. Poco dopo, e su un camion che scaricava rifornimenti, partirono per il posto di comando del battaglione. Il maggiore Braun li ricevette con la massima cordialità. Una volta che il tenente lo ebbe informato dei risultati, si alzò, stringendogli calorosamente la mano.

"Spero" ha detto che l'Alto Comando divisionale riconosca il merito del suo compito. Quanto a me, ti faccio i complimenti con tutto il cuore.

Fece servire il caffè ai granatieri e mise a loro disposizione un veicolo con il quale si sarebbero diretti al posto di comando del Battaglione, dove il tenente doveva informare il suo colonnello dei soddisfacenti risultati conseguiti nella compagnia.

Sono partiti immediatamente. Il piccolo villaggio apparve presto e mentre i granatieri alloggiavano in una casa vicina, il tenente si diresse verso l'"isba" in cui abitava il colonnello Weiss. Quando si trovò davanti al suo superiore, si irrigidì, annunciando con voce calma:

"L'obiettivo è stato raggiunto. Il binario del treno è stato completamente distrutto.

Il colonnello Weiss lo fece sedere, ordinò al suo assistente di portare il caffè e pregò il tenente:

"Raccontami dell'operazione in tutti i tipi di dettagli. A dire il vero, non ti aspettavo così presto. Non devo nasconderti ora che abbiamo temuto per la tua sicurezza.

Il tenente Wahrenfels ha impiegato del tempo per finire il suo racconto. Non sono stati lasciati dettagli. Il colonnello annuì.

"Le mie più vive congratulazioni" ha detto alla fine ", che estendo ai ragazzi che compongono il suo gruppo. Questa volta spero che i vostri meriti vengano ricompensati in modo degno di voi: partirete subito per Krasnovardeisk. La città di Novo-Litka è stata evacuata. Rimarranno in città per tutto il tempo che il comando riterrà opportuno e che questo tempo possa essere lungo. Non è facile per il nemico importunarci di nuovo. La nostra aviazione e la nostra artiglieria dare un buon resoconto di questi pezzi di grosso calibro. D'altra parte, in mancanza di munizioni, la loro esistenza sarà precaria. Ora, riposati un po' fino all'alba.

Il tenente Wahrenfels si unì ai suoi granatieri. Nella casa regnava la più franca gioia, che si accrebbe ancor più quando si seppe che sarebbero andati in città. Pochi di loro hanno dormito durante le poche ore fino all'alba, Rudi pensava a Katia. L'avrebbe trovata sana e salva? Aveva lasciato la città? Era disposto a cercarla ovunque. Il suo amore per la giovane donna era cresciuto durante quella breve, ma estremamente pericolosa, separazione.

Lasciarono la città dopo aver fatto colazione. I campi scivolavano ai lati del veicolo, dorati nel sole mattutino. I granatieri cantarono di gioia. Passarono diverse città e villaggi, i cui abitanti svolgevano i loro compiti abituali. Uno dei villaggi ha mostrato le tracce di un recente attacco dell'aviazione russa. Diverse "isbe" stavano bruciando.

"A quanto pare, si rallegrano", ha detto qualcuno.

"Non ci vorrà molto," rispose Alf. Il colpo di stato ha posto fine alle sue ultime possibilità di resistenza. Scommetto quello che vuoi che prima che l'inverno sia presa Leningrado.

"E su quale fronte ci porteranno il prossimo? chiese Bert.

"Chiunque lo sa!" Esclamò il caporale." Forse torniamo al Sud.

"Per parte mia preferisco restare qui" mormorò Rudi.

"Certo! Accanto alla tua bionda, giusto? Chiese Bert in tono sprezzante.

"È solo che mi sto affezionando a tutto questo" spiegò Rudi sorridendo.

"Coraggioso sciocco! esclamò Alf. Amate questo! Hai mai sentito queste sciocchezze?

Entrarono nella periferia di Krasnovardeisk. Una sentinella ha fermato il camion.

"È la pattuglia di Wahrenfels che sta tornando da un'operazione", gli disse il "feldwebel".

La sentinella chiamò un altro soldato.

"Ho l'ordine di portarti al tuo alloggio", disse quest'ultimo, e salire sul camion indicava all'autista la direzione da prendere. Alla fine si fermarono davanti a una bella casa.

"Bene!" esclamò il tenente." Finalmente siamo arrivati. Abbasso tutti...! E cercate di riposarvi un po' prima di iniziare le vostre scorribande per la città.

CAPITOLO XVIII

Quello stesso pomeriggio, Rudi, partì alla ricerca di Katia. I cartelli che la giovane donna aveva scritto su un pezzo di carta, poco prima di separarsi a Novo-Litka, indicavano una strada situata verso uno dei quartieri estremi. Nonostante la fatica, Rudi partì.

Attraversò strade e strade, attraverso le quali si aggirava una folla mal vestita, e mischiata a soldati di tutte le armi. I ristoranti e le taverne erano pieni. L'animazione era costante. Ha chiesto più volte indicazioni ai passanti. Superò enormi edifici e attraversò un burrone alberato, che una volta doveva essere un parco.

Era nel quartiere di fronte a quello da cui era venuto. Vide un enorme magazzino di materiale bellico. Carri armati e cannoni erano avvolti in teli di tela, induriti dal freddo della notte. Si fermò in un angolo. Katia street era molto vicina. Continuato a camminare. In pochi minuti era a un vivace incrocio. Due caffè occupavano gli angoli. Rudi pensò che sarebbe stato meglio bere qualcosa e poi aspettare davanti alla casa. Se Katia non fosse uscita, avrebbe continuato a chiedere di lei direttamente.

Si sedette a uno dei tavolini sul marciapiede. Guardò dentro. I clienti, per lo più soldati, hanno riempito i locali. Diverse cameriere andavano e venivano costantemente. Improvvisamente il suo cuore perse un battito.

"Katia!" grido.

La giovane donna stava per lasciar cadere il vassoio che stava trasportando. È venuta correndo verso di lui. Rudi la prese per le braccia. Alcuni soldati cominciarono a mormorare ea sorridere.

"Cosa stai facendo qui?

"Ho dovuto accettare questo lavoro. La vita in città è molto difficile", ha risposto senza fiato, guardandolo negli occhi.

"Andiamo subito! Dobbiamo parlare di tante cose!

"Cercherò di ottenere il permesso dal proprietario per andarmene. Aspettami un po'.

Ci è voluto molto tempo per uscire. L'impazienza consumava Rudi, che più volte era sul punto di entrare e di precipitarsi contro l'imbecille che così tratteneva la ragazza. Alla fine apparve Katia, spogliata del grembiule. Indossava un abito semplice ma di buon gusto che esaltava il suo fascino. C'erano tracce di stanchezza sul suo viso.

"Dovevo mettermi al lavoro" spiegò non appena si furono allontanati un po'. I miei parenti sono poveri e non possono mantenere me e mio padre. Se solo sapessi come mi sono ricordata di te in questi giorni! Non te ne andrai di nuovo, vero, Rudi?

"Spero che questa volta ci lascino riposare per una buona stagione. Anche se lo pensavamo anche l'ultima volta... e si vedono le cose che sono successe.

Andarono al parco, attraverso il quale avevano camminato quel giorno, già così lontano. Katia gli stava stringendo forte il braccio. La gente li guardava, curiosa. L'alto granatiere, nella sua divisa scassata e la bellissima giovane donna russa, formavano una coppia estremamente attraente.

Si sedettero in un caffè vicino allo stagno. Lo prese per mano, fissandolo.

"Se te ne vai di nuovo" disse, "penso che morirò.

Rudi era premuroso.

"Farò del mio meglio per stare al tuo fianco, Katia. Capisco che in me sta avvenendo una trasformazione. Non sono lo stesso di prima. Durante il combattimento ho la tua immagine presente nel mio cervello e desidero ardentemente tornare sano e salvo.

Si alzarono e continuarono a camminare lentamente. Quando raggiunsero il bordo dell'acqua, si chinò a guardarsi.

"Ti ricordi?

Rudi annuì. Si baciarono appassionatamente, premendosi l'uno contro l'altro.

"Non andare", ripeté Katia, singhiozzando. Non potresti trovare una destinazione che ti costringa a rimanere qui? Sempre da un luogo all'altro, esposto a tutti i tipi di pericoli! È tempo che tu ti riposi un po'... Non uscire più, ti prego.

I singhiozzi scuotevano il suo corpo. Rudi la attirò a sé, ed entrambi rimasero a lungo in quell'atteggiamento, indifferenti al passare del tempo.

"E' ora di tornare", ha detto Katia, dopo un po'. "Avevo dimenticato che ho un lavoro. E che di notte peggiora. Il proprietario del caffè mi ha lasciato partire a condizione che tornassi come il prima possibile. Gli ho detto che era qualcosa della massima importanza, e lui ha accettato con riluttanza. Ma non posso perdere quel lavoro.

Rudi serrò le mascelle. Immaginò Katia che lavorava per ore al bar, ascoltando i convenevoli dei soldati e sopportando il malumore del proprietario. Era necessario porre fine a questa situazione.

Si baciarono a lungo e iniziarono a camminare. Si salutarono in un angolo vicino al caffè. Rudi si diresse verso il suo alloggio. Improvvisamente, ha sentito una chiamata a lui. Due granatieri del suo gruppo erano seduti al tavolo di un ristorante.

"Ehi, Rudi! Yen per un drink. Ti invitiamo... E guarda chi c'è lì dentro.

Rudi si avvicinò. Alf e Bert stavano occupando un altro tavolo all'interno.

"Che brutta faccia che hai!" esclamò Bert." La birra ti ha fatto stare male?

"Certo! " aggiunse Alf." Non lo beveva da così tanto tempo che ne ha abusato e il povero ...

"Zitto, diavolo! brontolò Rudi, mettendosi a sedere.

Gli altri due granatieri si avvicinarono.

"Possiamo stare insieme, no? Si sta facendo freddo là fuori.

La conversazione divenne generale. Uno dei granatieri iniziò a spiegare il suo colloquio con una ragazza dei servizi ausiliari, che era in un ufficio dello stato maggiore e che conosceva da tempo.

"Lei è una bella ragazza" ha dettagliato. Con i capelli biondi ondulati e... "Ha fatto un gesto espressivo con entrambe le mani." Vivono molto bene qui. Godono di molti vantaggi e, almeno, si concedono il lusso di essere puliti... Anche se per questo non vale la pena essere in guerra, no? Il nostro è molto più divertente.

"E cosa sta facendo quella giovane donna? Bert voleva sapere.

"Lei è responsabile delle forniture alle mense distribuite in tutta la città e della direzione del loro personale. A proposito, mi ha spiegato che nello Stato Maggiore soffrono di una certa mancanza di elementi specializzati. Il fronte assorbe ogni giorno più persone e gli uffici mancano di alcuni elementi essenziali. L'interprete russo è stato trasferito in un altro luogo, e il generale ne cerca uno che lo sostituisca, senza riuscire a trovarlo. Ci sono molti che si presentano, ma nessuno parla la lingua del paese con la perfezione richiesta per la posizione.

Rudi aveva teso le orecchie.

"Qui abbiamo il nostro amico Rudi", disse Bert, "che la domina meravigliosamente e, invece, passa la vita a tirare colpi in terra nemica. Che contrasti ha la vita!

"Cosa darebbero per metterci le mani sopra! "Alf aggiunto." Ma cosa sarebbe la pattuglia senza il suo aiuto?

Rudi era assorto nel fissare il suo bicchiere.

"Ehi, Rudi! Hai dormito? disse Bert, spingendolo per un braccio. Come sta il tuo biondo...? Perché immagino che tu l'abbia già visto.

"Molto bene", rispose brevemente il granatiere, alzandosi e preparandosi a partire. Qualcuno viene con me?

Alf e Bert si alzarono.

"Dai" disse il primo, sbadigliando. Ho un sogno tremendo. vado a dormire bene!

I tre camminarono lungo la strada davanti a loro, gli stivali ferrati che sbattevano a terra. Rudi, quella notte riusciva a malapena a dormire, mille idee diverse si intrecciavano nel suo cervello. Poteva sentire chiaramente le parole del granatiere: "L'interprete russo è stato trasferito in un altro luogo e il generale sta cercando qualcuno che lo sostituisca...". Cosa penserebbero di lui i suoi compagni, se sapessero che intende abbandonarli? Lo prenderebbero per un vigliacco...? No. Non era possibile. Ma poi è emersa l'immagine di Katia, sorridente, con i suoi capelli biondi e gli occhi azzurri. "Sono tanti quelli che si presentano, ma...".

Si addormentò verso l'alba. Aveva preso la sua decisione.

CAPITOLO XIX

La mattina dopo Rudi se ne andò senza dirlo a nessuno. Un vortice di idee intrecciate gli turbava il cervello. Diresse i suoi passi verso gli uffici di Stato Maggiore. C'era un trambusto incessante in loro. Entrò nella sala. In una bacheca ha potuto leggere una copia di un foglio distribuito ai comandanti di battaglione che ordinava che fossero svolte indagini tra le compagnie per scoprire la presenza di soldati che parlassero perfettamente il russo. Detti soldati dovrebbero presentarsi a quel quartier generale per essere esaminati. Rudi ne aveva abbastanza. Tornò in caserma. I ragazzi si erano sparpagliati in città e rimaneva solo l'incaricato della guardia.

"Hai visto il tenente? Ha chiesto.

"Era ancora qui pochi istanti fa, ma se n'è appena andato.

Rudi vagava per le strade trafficate, impantanato in mille preoccupazioni. In cuor suo, farlo con i suoi compagni d'armi gli sembrava un mascalzone. Come se la sarebbe cavata la pattuglia senza il suo aiuto da allora in poi? Cosa avrebbe detto il tenente quando avesse comunicato la sua volontà di sostenere l'esame per rimanere a Krasnovardeisk come impiegato comune? Lui, che aveva sempre tanto disprezzato quella fauna! Era nel parco ed è passato molto vicino al ristorante di Katia, anche se senza andare a trovarla. Perché, se neanche loro potevano uscire a fare una passeggiata insieme? Non c'era altra scelta che aspettare la notte.

A mezzogiorno è tornato all'alloggio. I granatieri non sono venuti a mangiare. Avevano soggiornato in ristoranti disposti ad assaporare prelibatezze di cui erano stati a lungo privati. Neanche il tenente c'era, Rudi interiormente malediceva la sua sfortuna. I suoi nervi stavano per esplodere. Tenuto in giro. Verso le cinque del pomeriggio, vide improvvisamente il tenente Wahrenfels attraversare una strada. Ha iniziato a seguirlo, finché non lo ha raggiunto.

"Mio tenente! "Chiamo.

L'ufficiale si fermò. Rudi gli si avvicinò e lo salutò rispettosamente.

"Cosa, ragazzo? chiese Wahrenfels, dandogli una pacca sul braccio. Come stai solo? E i tuoi due amici? Non siete più gli "inseparabili tre"?

"Il mio tenente" iniziò Rudi "vorrebbe parlare con te.

"Wow, amico! A cosa sta venendo quella faccia seria? C'è qualcosa di serio che non va in te? Andiamo a sederci in quel caffè.

Si sedettero a un tavolo e il tenente ordinò due birre.

"Bene. Spiegamelo. Sembri un po' preoccupato.

"Io sono... La verità è che non so come iniziare... Da un po' di tempo sento qualcosa di diverso. Forse è stanchezza. Buona. In sintesi: ho visto un annuncio negli uffici di Stato Maggiore che chiedeva interpreti russi e ho pensato che forse io...

Il tenente lo fissò perplesso. Non mi sarei mai aspettato un'uscita del genere.

"Beh, Rudi" rispose sorseggiando lentamente la sua birra. Hai la fortuna di avere una perfetta padronanza della lingua del paese, e hai perfettamente il diritto di cercare di offrire i tuoi servizi a un corpo superiore dove potrebbero essere più utili che nella nostra modesta pattuglia. Da parte mia non credo di porre alcun inconveniente. È una cosa molto personale. Tuttavia, puoi essere sicuro che ci mancherai molto.

L'ufficiale si alzò. Sono rimasto sinceramente scioccato.

"Mio tenente. Non voglio che pensi...

"Niente, Rudi. Ti auguro buona fortuna. Mi farai sapere come è andato l'esame, e nel caso la tua decisione fosse irrevocabile, dovrò trovarti un sostituto... Bene, ciao.

Rudi salutò. Un forte sentimento di vergogna lo pervase. Cominciò a camminare, ei suoi passi lo portarono inconsapevolmente verso il caffè di Katia. Era già abbastanza tardi e la giovane donna stava per andarsene. All'interno dei locali, i soldati si scatenavano e ridevano. Rudi aspettava nell'angolo. La giovane gli fece un cenno attraverso le finestre. Dieci minuti dopo era in strada. Tenevano le armi. Rudi rimase in silenzio.

"Che c'è, Rudi? Le cose non vanno bene?

"Katia" rispose. Io e te non possiamo vivere separati. Se dovessi partire di nuovo, sono sicuro che fallirei nel mio compito. Ieri un granatiere del mio gruppo mi ha spiegato casualmente che hanno bisogno di un buon interprete negli uffici di stato maggiore. Sono "sorrise con forza". vado a presentarmi. Ti immagini se mi ammettono? Rimarrei in città, forse fino alla fine della guerra. Non ci separeremmo più. Che ne dite di? Non sei felice?

Katia lo stava guardando molto seriamente. Camminarono a lungo in silenzio.

"No, Rudi" disse infine. Sarebbe meraviglioso, ma non puoi farlo. Cosa diranno i tuoi compagni di classe?

"Che m'importa...?

"No" ripeté Katia. Alla lunga ti vergogneresti di averli abbandonati. Rimpiangeresti la tua decisione e la tua rabbia si rivolterebbe contro di me. Sei nato per combattere e lotterai fino alla fine. Ti aspetto, mi senti? Ti aspetterò perché sono sicuro che dovrai tornare. Non farlo.

"Non posso vivere senza di te, Katia", rispose. Sono sicuro che a lungo andare vacilla, e questo è anche peggio. Domani farò quell'esame. Se sono fortunato e passano, rimarrò in città, potrò sempre vestirmi pulito e smetterò di sentire il sibilo dei proiettili e il rombo delle esplosioni. Aspetto un po' di riposo. Non pensi che me lo merito?

"Sì, te lo meriti, ma non così.

"Ci ho pensato molto bene. Sai che sono un po' testardo. La mia decisione è irrevocabile. Ora... se non mi ami...

"Oh Rudi!" esclamò, stringendosi al suo braccio." Non dire nemmeno questo...

La loro passeggiata è andata avanti fino a tardi. Quando tornarono, i due camminarono lentamente in estasi. Katia si era lasciata convincere, ma in fondo aveva previsto un futuro pieno di minacce.

Tutto però è stato oscurato dalla prospettiva di poter vedere Rudi tutti i giorni. La sua immagine forgiava belle immagini per i giorni a venire in cui entrambi avrebbero potuto camminare senza il costante rischio di una separazione.

Tornato alla sua caserma, Rudi si fermò sulla porta, osando appena di entrare. Come comunicheresti la notizia ai tuoi due compagni? Avrebbero preso il suo sarcasmo o si sarebbero fatti carico della sua situazione?

Alf e Bert si stavano preparando per andare a letto. Rudi esitò a lungo. Alla fine disse:

"Devo parlarvi ragazzi.

"È qualcosa di serio? chiese Bert. La tua faccia non promette nulla di buono.

"Sì. Questa è una cosa seria. Ho deciso di restare qui.

Entrambi lo guardarono perplessi.

"Mi sembrava" commentò Alf "che la faccenda della bionda non potesse finire bene.

"Chiamami idiota, chiamami codardo o come vuoi, ma non posso vivere senza quella donna.

"E dove rimani...? Ma sto già cadendo! "Esclamò Bert." Al Quartier Generale hanno bisogno di un magnifico interprete... e tu hai pensato che i tuoi servizi sono essenziali in quel posto. Certo! Chissà Russo come Rudi?

"Capisco che mi stai prendendo in giro. Ma... che ti capita parcheggi non sei mai stato innamorato.

"Beh, sii molto contento della tua Katia" disse Bert "e divertiti un sacco in città... Partiamo domani pomeriggio.

"Cosa, parti domani?

«Qualche tempo fa ce l'ha detto il tenente. Sembra che il fronte si stia mobilitando e che tutte le forze disponibili saranno necessarie. Non sappiamo se si tratti dell'assalto finale alla città, ma come potete vedere anche questa volta la nostra famosa rottura non è riuscita. Voglio dire... per te, sì.

Rudi era premuroso. Si distese sulla stuoia e cercò di dormire, ma senza riuscirci fino a tarda ora. Bert e Alf stavano russando silenziosamente in un sonno profondo.

CAPITOLO XX

Il test di Rudi è stato un completo successo. Un colonnello specializzato della Sezione Informazioni lo fece sedere a un tavolo coperto di carte. Rudi lesse alcuni testi, che poi procedette alla traduzione. Poi il contrario. Alla fine il colonnello si alzò e disse con aria soddisfatta:

"Ad oggi sei il primo a presentarti qui con un'esatta conoscenza della lingua. Non resta che fare il test di pronuncia. Se questo è perfetto, il quadrato fa per te.

Ha mandato a chiamare un impiegato russo negli uffici.

"Puoi chiacchierare un po'" disse loro.

Il russo e Rudi intavolarono una breve e veloce conversazione. Il russo stava annuendo sorpreso.

"Monoga jarosi. Monoga jarosi" disse infine rivolgendosi al tenente. E ha aggiunto in un tedesco stentato". Parla un russo perfetto.

"A quale unità appartiene?

"La pattuglia di ricognizione Wahrenfels è interessata dal secondo battaglione del terzo reggimento", rispose Rudi.

"La pattuglia ora è a riposo, giusto?

«Sì, mio colonnello. Anche se sembra che partiranno oggi per un altro posto più vicino al fronte.

"Certo. Le unità sono mobilitate per una grande operazione... Bene. Nel primo pomeriggio verrà emesso l'ordine di trasferimento. Tuttavia, se cambi idea, prendi la decisione che ritieni più opportuna... Te lo dico perché in linea di massima i granatieri non amano molto le incombenze burocratiche, e può darsi che tu ti sia comportato un po' frettolosamente.Se i tuoi compagni preferiscono accompagnarli quando se ne vanno, fallo.Ti aspetto fino a mezzogiorno di domani. Se non compari, continueremo gli esami" e il colonnello emise un sospiro rassegnato.

"Verrò, mio colonnello" assicurò Rudi. La mia decisione è ben ponderata.

"Bravo ragazzo. Arrivederci allora.

Rudi si raddrizzò rigidamente e uscì in strada. Un misto di gioia e tristezza riempiva il suo essere. Da un lato, la prospettiva di stare al fianco di Katia; dall'altro il terribile momento in cui salutava i suoi amici e l'ufficiale, con il quale fino ad allora aveva condiviso le fatiche e le fatiche di una dura campagna.

All'ora di pranzo i granatieri si incontravano in caserma. Dovevano restare vigili per il momento in cui arrivava il camion incaricato del trasporto. Le squadre erano accatastate in file come era consuetudine, e il tenente fece una breve revisione. Il "feldwebel" ordinò ai granatieri di non spostarsi dai dintorni. Un collegamento motorizzato è arrivato intorno a metà pomeriggio chiedendo del granatiere Rudi Mainz. Aveva l'ordine di trasferimento dal quartier generale. Rudi lo lesse e poi lo strinse con il pugno. Una tempesta infuriò nella sua anima. Camminava per la casa in uno stato di tremenda tensione. Tutto dipendeva da una sola parola. Il tenente ei suoi due amici sapevano già quale fosse la sua decisione. Forse sarebbe meglio sparire senza salutare. Più tardi avrebbe giustificato il suo atteggiamento con una breve lettera. Gli altri granatieri non sapevano nulla.

Vide come tutti erano occupati a pulire la propria arma. Non avrebbe più dovuto farlo. La sua "mitragliatrice" sarebbe stata consegnata al magazzino. Perché voleva un'arma così micidiale in quella città dove circolavano solo connazionali e soldati in licenza? Pensò a Katia, ma la figura della giovane donna era ormai confusa nel suo cervello, come se appartenesse al passato.

Immaginò la sua vita in ufficio, seduto a un tavolo pieno di carte di cui avrebbe dovuto decifrare il contenuto. Di tanto in tanto potrebbero fargli interrogare alcuni prigionieri. La sua esistenza scivolerebbe in mezzo a una meravigliosa placidità. La routine quotidiana alla fine avrebbe atrofizzato i suoi sensi e sarebbero stati disposti a vibrare solo alla vista e al contatto della sua amata Katia. Un'esistenza da cittadino, che nulla o quasi avrebbe a che fare con la guerra.

Nel frattempo, i suoi compagni avrebbero continuato le dure incursioni in territorio nemico. Avrebbero piazzato cariche esplosive nei luoghi predisposti dal Comando. Sarebbero piombati come leoni sulle sentinelle. Farebbero saltare in aria i forti e sorprenderebbero i posti di comando. Il suo naso captava continuamente l'odore della polvere da sparo. Si accucciavano davanti al bagliore dei razzi e ascoltavano il rombo dei proiettili di artiglieria che scivolavano sulle loro teste per esplodere un po' più avanti in fiamme abbaglianti.

Se li avesse lasciati andare, avrebbe potuto camminare con calma fino agli uffici del quartier generale, presentarsi al colonnello e annunciare che aveva accettato l'incarico. L'alto capo gli avrebbe detto l'ora della mattina dopo in cui avrebbe iniziato il suo lavoro. Poi andava a fare una passeggiata, si sedeva in un bar e ordinava una birra, aspettava con calma l'ora di incontrare Katia. Stasera potrebbero festeggiare l'evento cenando insieme e poi potrebbero anche assistere a una sessione di film al 'Soldatenheim'.

Controllò l'orologio. Erano le sei e mezza. Il crepuscolo era già molto vicino. A quel tempo, il lavoro nel caffè di Katia aumentò. La immaginava circondata da soldati, ascoltando le loro parole d'amore, sorridendo loro perché era necessario farlo, magari accettando le loro gentilezze.

Con uno scatto improvviso tirò fuori l'ordine dalla tasca. Lo lesse di nuovo. Gettò uno sguardo verso la caserma. Alcuni granatieri stavano alla porta. Non poteva andarsene senza aver almeno salutato il tenente. Si avvicinò. L'ufficiale andava e veniva dando degli ordini. Rudi si avvicinò a lui.

"Il mio tenente" disse. Ho già un ordine di trasferimento in tasca. La mia decisione è presa. Resterò al quartier generale. Dopotutto, i miei compiti su di esso possono essere utili tanto quanto sulla prima riga.

"Lo sai bene che no, Rudi. Nella prima riga eri essenziale. Qui ci sono più mezzi. Prima o poi il colonnello troverà un soldato che conosce la lingua del paese con la perfezione che pretende. La pattuglia sarà invece privata di un elemento inestimabile... e non solo perché parlano russo, ma per tanti altri motivi. Comunque, ti ho già detto ieri che non avevo intenzione di influenzare il tuo umore. Tuttavia, voglio dirti che se mai te ne pentirai, saremo disposti ad accoglierti come se nulla fosse. Come se fossi tornato dall'ospedale dopo aver guarito una ferita.

"Dì addio a Bert e Alf. Non avrei il coraggio di farlo da solo. Sono stati per me i migliori compagni del mondo... Non so cosa penseranno, ma dobbiamo separarci.

"Lo farò, Rudi. E puoi star certo che sia io che loro ci prendiamo cura della tua situazione.

Il tenente tese la mano. Rudi lo strinse forte.

"Addio, mio tenente" disse salutando.

"Al tuo posto direi... Arrivederci.

L'ufficiale si voltò ed entrò nell'edificio. Rudi iniziò la sua marcia verso la sede del quartier generale. Si stava lasciando alle spalle un'intera vita dalla quale, in altre condizioni, non sarebbe stato separato per niente al mondo.

Camminava per i vicoli quasi al buio. Dopo un po' sbucò in uno dei viali principali. Alla sua estremità opposta c'era l'edificio in cui avrebbe vissuto da quel momento in poi. Scese il marciapiede con profonda tristezza. Improvvisamente sentì il rumore di un motore dietro di lui. Un camion militare si stava avvicinando a velocità media, schivando i carri della popolazione indigena. Attraverso il parabrezza, Rudi distinse il volto familiare del tenente Wahrenfels.

Un sussulto improvviso le scosse il corpo, guardò la carta stropicciata che aveva in mano; si irrigidì. All'improvviso alzò un braccio. Il camion ha rallentato.

"Aspettami!" grido.

Il tenente sorrideva. Ha frenato il veicolo. Rudi correva come un indemoniato. Saltò in piedi e salì sul retro.

"Dov'eri?" "Gli ha detto un granatiere." Pensavamo che ti fossi perso.

"Ero pronto", rispose Rudi mentre il camion si rimise in moto. Ma ho ritrovato la mia strada.

Il camion si rimppicciolì in lontananza, avvolto in una nuvola di polvere, sulla via del fronte, pericolo... e gloria.

FINE